# 기차가 걸린 풍경

# 기차가 걸린 풍경

초판 1쇄 발행 2013년 7월 29일

지은이 나여경
펴낸이 강수걸
펴낸곳 산지니
편집 윤은미 권경옥 손수경 양아름
디자인 권문경
등록 2005년 2월 7일 제14-49호
주소 부산광역시 연제구 거제1동 1498-2 위너스빌딩 203호
전화 051-504-7070 | 팩스 051-507-7543
홈페이지 www.sanzinibook.com
전자우편 sanzini@sanzinibook.com
블로그 http://sanzinibook.tistory.com

ISBN 978-89-6545-222-5 03810

* 책값은 뒤표지에 있습니다.
* 파본은 구입하신 서점에서 바꾸어 드립니다.
* 이 도서의 국립중앙도서관 출판시도서목록(CIP)은
e-CIP 홈페이지(http://www.nl.go.kr/cip.php)에서 이용하실 수 있습니다.
(CIP 제어번호 : CIP 2013011714)

# 기차가 걸린 풍경

나여경 지음

산지니

# '기차가 걸린 풍경'을 묶으며

2012년 1월부터 그해 6월까지 6개월 동안 26개의 역에 얽힌 이야기와 그 주변 풍경을 스케치했다.

하동 진주 일광 기장 나원 죽동역을 방문했던 소감은 '그대에게 띄우는 연서'라는 소제목으로, 삼랑진 다솔사 서생 송정 호계 경주 해운대 원동 청도 부산 밀양 북천역을 둘러본 느낌은 '삶이 버거운 그대에게'로, 안강 동래 월내 부전 남문구 진영 구포 부산진역은 '역, 풍경과 시간'이란 이름을 달아 목차로 엮었다.

숱한 만남과 이별의 보퉁이를 내맡기고 떠난 기차를 또다시 기다리는 역에서 돌아보는 풍광과 세월은 어느 시인의 말처럼 '추억이 아니라 전설'이었다.

치마무덤 속 조지서, 낭군 아사달을 그리다 영지에 몸을 던진 아사녀, 평생 '목구멍에 까시' 같은 연인을 마음에 품고 살았던 용이…. 끝내 소망을 이루지 못했으나 지극했던 그들의 삶.

다 이룸을 행이라고, 또 다 이루지 못함을 불행이라고 말할 수 없다는 자각은 기차를 타고 돌아오는 시간에 얻은 사유의 선물이다.

이 책이 사라진 간이역의 추억을 간직하고 있는 이들에게 잃어버린 시간을 찾아가는 부드러운 마들렌 과자 역할을 할 수 있다면, 무엇보다 허허로운 어느 마음에 닿아 작은 위로가 될 수 있다면 더할 나위 없겠다. 우고(愚稿)를 묶는 가장 큰 이유다.

기찻길 옆 오막살이 노래가 절로 나오는 서생역과 고졸한 다솔사역에서 풍경에 취해 사진 찍느라 기차가 오는 줄도 몰랐다. 위급하게 나를 불러주는 이가 없었다면 지금 이 글을 쓰지 못할 것이다. 생명의 은인이다. 길눈 어두운 나를 위해 소중한 시간을 내서 기차를 함께 타 주었던 이들, 친절한 길 안내자 유홍준 시인, '수오재' 이재호 선생님, 바쁘신 와중에도 멋진 추천사를 보내주신 조갑상 선생님, 정창영 한국철도공사 전 사장님께 머리 숙여 고마운 인사 올린다. 책과 함께 술 한잔 바칠 분들이다.

졸고를 연재해준 부산일보사와 나여경의 두 번째 책을 정성스럽게 묶어주신 강수걸 산지니 대표를 비롯해 관계자분들, 한 회도 거르지 않고 격려 문자를 보내주신 김영희 님께도 감사드린다.

사람이 꼭 슬픈 짐승만은 아니라는 것을 믿으며….

2013년 6월 또따또가 집필실 여정에서

나여경

차례

서문 '기차가 걸린 풍경' 을 묶으며 · 4

1부
그대에게 띄우는 연서

용이를 만나러 가는 길 하동역 · 11
아직도 못다 한 사랑 진주역 · 21
사랑이 떠난 자리 일광역 · 33
물처럼 바람처럼 기장역 · 43
봄날은 간다 나원역 · 51
이루지 못한 사랑 위로는 시간이 흐르지 않는다 죽동역 · 59

2부
삶이 버거운 그대에게

기차는 영원한 디아스포라 삼랑진역 · 68
지친 내 영혼을 위하여 다솔사역 · 79
언젠가 그날이 오면 서생역 · 88
20억 년의 사랑 송정역 · 97
산다는 일, 그 생의 오브제들 호계역 · 108
젊음은 오래 거기 남아 있어라 경주역 · 117
먼 곳에서 빛나는 등불처럼 해운대역 · 128
지상에 유배되어 온 별 원동역 · 137
시간이 멈춘 길 위에서 청도역 · 148
4월의 시 부산역 · 159
4월의 시 II 밀양역 · 169
지극함에 대한 소고 북천역 · 179

## 3부

## 역, 풍경과 시간

잘 지내시나요? 안강역 · 192

잃어버린 시간 동래역 · 200

달의 축제 혹은 영화 같은 월내역 · 209

저 붉은, 무거운 추파 부전역 · 217

노마크 찬스 남문구역 · 227

우리를 음우하소서 진영역 · 235

공생의 미덕을 잊어버린 구포역 · 244

많이 흔들리고 비틀거릴수록 부산진역 · 255

기장역
Gijang Station

# 1부

# 그대에게 띄우는 연서

화사한 벚꽃이 가지를 늘이고 막 도착한
기차의 등을 어루만졌던 플랫폼엔
겨울 햇살이 몽실몽실 느리게 진을 치고 있다.
나란히 누운 선로도, 그 곁에 늘어선 나무들도 잠든 듯
고즈넉한 역을 빨간 기차가 흔들어 깨운다.

# 용이를 만나러 가는 길

"니는 내 목구멍에 걸린 까시다."

평생 목에 걸린 가시 같은 연인을 가슴에 품고 살았던 용이를 만나러 간다. 하동으로 가려던 순간부터 월선의 남자 용이가 머릿속에서 떠나지 않는다.

첫 기차를 타기 위해 나서는 길, 까만 보자기 위에 던져진 별처럼 듬성듬성 보이는 거리의 불빛이 유난히 반짝인다.

생각과 달리 번잡한 기차 안에서 오늘이 올해의 마지막 날이라는 걸 알게 된다. 가족, 연인, 친구로 보이는 이들은 어딘가로 끊임없이 해맞이 간다는 말을 전하기 위해 전화기 버튼을 누른다. 상기된 그들의 얼굴이 활기차 보인다.

옆자리 승객의 뒤척거림과 지척에서 속살거리는 남녀 때문에 부족한 잠을 보충하려던 생각이 어긋나고 만다. 마주 보고 서로에게 열중해 있는 연인의 얼굴이 금세라도 닿을 것 같다. 숨기지 못하는 사랑의 기미는 절정을 맞은 꽃의 화사한 기운처럼 퍼진다. 짧은 순간 아름다운 꽃의 생애를 닮지 말기를, 도를 넘은 집착으로 허우적거리지 말기를… 푸석한 내 마음에 끼어드는 단상을 눈빛으로 전한다.

눈이 내렸던 3월 어느 날 하동엘 갔었다.

차 안에서 바라보는 섬진강변의 어느 한 자락.

펼쳐진 모래 태(態)가 길게 누운 나부 같았다. 여인의 젖무덤 모양을 갖춘 모래 둔덕을 은근히 더듬던 물줄기는 탄력 있는 허벅지를 지나 매끈한 다리 사이로 흐르고 있었다. 흐르지 않는 듯 흐르던 평화로운 그 물길 속에 나도 눕고 싶었다. 일행이 없었다면, 그들이 갈 길을 재촉하지 않았다면 아마도 그날, 마음이 시키는 대로 포근해 보이는 강의 품에 안겼을지도 모르겠다.

우리는 바람에 지천으로 날리는 벚꽃 못 본 아쉬움을 꽃 보러 다시 오자, 라는 술값 안 드는 약속을 남발하는 것으로 달랬다. 봉오리를 매달고 양옆으로 늘어서 터널을 이루고 있는 나무들이 우리를 비웃듯 할랑거렸다.

그날 우리가 만난 어른의 가르침 한마디가 아직도 귀에 쟁쟁하다. 사랑도 미움도 모두 집착에서 나오는 것이라는….

하동(河東), 물의 동쪽이라는 뜻과 별개로 동글동글하고 따뜻한 느낌.

누군가 들뜬 얼굴로 마중을 나와 있을 것 같다. 아는 이 한 사람 없는 곳에 도착해 대책 없는 기대라니. 기차 타는 즐거움 중의 하나다.

화사한 벚꽃이 가지를 늘이고 막 도착한 기차의 등을 어루만졌던 플랫폼엔 겨울 햇살이 몽실몽실 느리게 진을 치고 있다. 나란히 누운 선로도, 그 곁에 늘어선 나무들도 잠든 듯 고즈넉한 역을 빨간 기차가 흔들어 깨운다. 기차에서 내린 사람들이 하나둘 어딘가로 사라지고 승강장 앞에 서 있는 나를 향해 제복 입은 사람이 기차 떠나니 어서 타란다. 방금 내렸어요, 하는 대답에 껄껄껄 크게 웃는 소리가 내 뒤를 따라온다. 대합실로 들어가려던 발걸음이 조그마한 분수 앞에 멎는다. 너운 세설 물보라를 일으키며 오가는 이들의 시선을 붙들어 땀을 식혀줬을 앙증맞은 분수에서 만든 이의 섬세한 손길이 느껴진다. 가지각색 등산복 차림의 사람 몇과 옹기종기 모여 선 학생들, 마주 선 남녀 두어 쌍으로 대합실 안이 훈훈하다. 적은 분량의 도서지만 기다리는 사람들을 위해 꾸며놓은 작은 도서관도 반가운 장면이다. 꼬마 둘이 엄마의 양옆에 앉아 책을 보고 연신 깔깔거린다. 오가는 이들의 답답한 민원을 마음 놓고 털어놓으라는 듯 매표소 전면이 환하게 트여 있다. 역시나 몇 가지 물음에 미안할 정도로 친절한 역장님과 역무원.

하동역사 앞에 이은상의 글, 경전선 개통 기념비문이 서 있다. 1968년 2월 7일 진주와 순천 간 궤도를 잇는 대대적인 행사가 이곳 섬진강변에서 있었다. 검은 선글라스의 대통령이 직접 하동에 와서 개통식을 했는데 그때 하동이 생긴 이래 가장 많은 인파가 무쇠 열차를 보기 위해 모여들었다고 한다. 역으로 들어오는 열차를 향해 만세를 부르고, 놀라 넘어지고, 인파에 밀려 실랑이가 벌어지는 그 순간 한바탕 야단법석 속에 새로운 날들에 대한 희망도 섞여들었으리라.

경남 하동군 하동읍 비파리 313번지에 위치한 하동역은 1968년 2월 8일 경전선 진주에서 순천 구간 개통과 동시에 영업을 시작했다. 인구가 줄고 도로가 발달한 지금은 관광객 외에는 이용하는 사람이 드물어 한적하지만 철도가 주 교통수단이고 물류 운송을 담당하던 시절, 하동역에는 진주, 마산, 부산으로 나가고 들어오는 사람들로 연일 북적였고 역 주변 식당이나 다방 역시 기차를 기다리는 사람들로 북새통을 이뤘다고 한다.

2015년 경전선 복선 전철화 공사가 완공되고 나면 지금의 화산마을에 있는 하동역은 하동군청 근처로 옮겨가게 된다고 한다. 기차에 몸을 싣고 오가던 이들의 웃음과 눈물을 간직한 채 역사적인 상징물로 남을 하동역을 다시 돌아본다.

하동은 한국전쟁 시, 계속 밀리기만 하던 아군이 병력을 가다듬고 적군과 제대로 대치하기 위해 심기일전 하던 곳이다. 하동역이 속해 있는 화산마을에서 1974년까지 이장을 지냈던 정병균 어르신이 15세 되던 해 한국전쟁이 터졌다. '하동전투' 때 많은 군인들이 죽었는데 주민들이 도로변에 묻었다고 한다. 국도 2호선 확장 공사를 하면서 그때 시신들이 발견됐으나 연고자가 없어 화산마을 뒷산으로 이장했다. 예전의 그 일을 기억하고 있던 어르신의 제보로 한국전쟁 전사자 유해 발굴이 이루어졌고 국방부 유해발굴단에 의해 4구의 시체가 발견됐다. 하동 쇠고개에 오르니 당시의 전쟁을 상기시키듯 장갑차와 해안포가 높이 선 '참전전우기념비' 와 함께 눈에 들어온다. 많은 이들의 죽음이 있던 곳이라는 느낌 때문인지, 바람이 숨어들기 좋은 지형 탓인지, 한기가 옷깃을 여미게 한다. 잎사귀 잃은 나무의 무수한 잔가지들이 커튼처럼 허공을 가린 틈 사이로 건너편 하동역이 옮겨 갈 자리가 보인다. 포클레인 두 대가 잠시 일손을 멈추고 서 있다. 눈앞의 반듯반듯한 들판을 바라보자 감회에 젖어 옛일을 회상하던 정병균 어르신의 말씀이 귓가에 떠돈다.

"일제강점기 너뱅이들이 곡창지대로 옥답인데 우리가 농사를 지어놓고 베지를 못했어. 군량미로 다 보내놓고 남은 것만 먹어라, 해서 배를 곯았지. 그뿐인가 마을에 정자 세 개가 있었는데 그 재료로 쓴 나무가 좋다 보니 그걸 빼서 다 가져가버렸어. 그런 험난한 세월을 견디며 살았지."

신산스런 우리 현대사의 상처를 비켜가지 못한 건 저곳도 마찬가지. 그 아픈 역사(歷史)를 뒤로 하고 이제 새로운 역사(驛舍)가 세워질 것이다.

송림을 등지고 낙동강 물길을
바라보는 기차 안의 연인들.
잔잔한 수면 위에 빛을 업은 윤슬이 마치
그들과 눈 맞춤 하듯 반짝인다.

기차 안에서 만났던 연인을 다시 본다. 많은 이들의 가슴에 희망을 움트게 했던 그 대통령으로 인해 꿈이 좌절되고 요절한 이충일. 멋진 장군이 되고 싶은 꿈을 꾸던, 부루스 리라 불리던, 용이처럼 잘생겼던 청년. 그가 젊은 날 연인을 만났던 송림공원에서.

부루스 리는 검은 선글라스의 대통령 시해 사건 이후 희망이 좌절된 삶에서 벗어나지 못하고 간경화로 인해 죽고 만다. 악양 근처의 복숭아꽃과 오얏꽃이 뒤덮이고 박태기 꽃과 산자락 위의 구름이 아름다운 과수원에서 잃어버린 꿈을 찾아 헤매던, 빈 눈동자의 그를 떠올린다.

정태규 작가의 「부루스 리를 추억함」이란 소설에 나오는 주인공이다.

바람에 섞인 음악이, 숲을 이룬 키 큰 소나무 등을 다독이며 섬진강 물을 따라 흐르고 있다. 멀리 강 위에 띄워진 철교도, 병풍처럼 강물을 둘러 싼 절벽도, 솔숲의 그림자도 고요하기만 하다. 흔들리는 건 나 혼자뿐이다.

송림을 등지고 낙동강 물길을 바라보는 기차 안의 연인들. 잔잔한 수면 위에 빛을 업은 윤슬이 마치 그들과 눈 맞춤 하듯 반짝인다.

혹시, 혼례길이라고 아세요? 어떻게 가지요? 열차 안의 짧은 인연을 아는지 모르는지 기차 안에서 만났던 연인들이 내게 묻는다. 혼례길… 가는 길은 잘 모르겠네요.

서로 사랑하는 연인끼리 두 손을 꼭 잡고 걸으면 백년해로 한다는 화개 벚꽃 십리 길. 이 계절 꽃잎이 피었을 리 만무한데…. 그래, 꽃잎이 허공에서 춤을 추지 않으면, 가로수 나무 곁에 꽃잎이 눈처럼 쌓이지 않으면 어떤가. 그 길을 둘이 손잡고 걸었다는 게 중요하지. 혼례길을 찾아 송림 숲을 빠져나가는 그들을 오랫동안 바라본다.

사랑이 이루어지길 소망하며 혼례길을 걸을 연인들이여, 내친걸음 평사리 최 참판댁 고샅길을 돌고 돌아 용이와 월선도 만나보시라. 가서 이루지 못한 그들의 깊은 사랑도 느껴보시라.

용이와 월선도 혼례길을 걸었다면 '목구멍에 걸린 까시' 같은 그들의 사랑이 이루어졌을까. 월선이 용이에게 가시였듯 월선에게 용이 역시 가시가 아니었겠는가. 무시로 살을 찢는 가시 역시 그들이 살아갈 이유가 아니었을까. '목구멍에 걸린 까시' 가 없다면, 부르스 리가 젊은 날의 꿈을 모두 이루었다면 우리가 그들을 어찌 기억하겠는가. 이루지 못한 사랑과 좌절된 꿈의 끝자락을 집착으로 동여매고 헤매던 시간들도 승화의 미덕을 알기 위한 자양분은 아닌지. 다 이룸을 어찌 행이라 하겠는가. 또 다 이루지 못함을 어찌 불행이라 치부해버릴 수 있겠는가. 함께했던 순간의 환희와 꿈을 향해 정진했던 시절의 감격이 지나온 시간 속에 켜켜이 숨어 있다면, 그 세월들을 더듬으며 미소 지을 수 있다면 그것이 참 행복이 아닌가 생각해본다. 온전하지 못한 삶이 온전한 삶이 되는 아이러니를 어쩔꼬.

찬 기운 속에 서로에게 기대어 새날을 기다리는 이들을 떠올린다. 살아갈 이유들이 녹진녹진하게 그들에게 다시 스며들기를 바라본다. 그 시간을 기다리는 바람이 차다. 집으로 돌아가는 길, 시장의 불빛이 반짝이는 조그만 종착역에서 누군가 나를 기다리면 참 좋겠다.

고개 들어 촉석루를 바라본다.
높게 들린 처마 끝이 남강 가에 길게 그림자를 드리우고 있다.
잔치는 끝난 듯 울리던 가락 멈추고
버선발을 감추던 열두 폭 치맛자락의 고운 여인
자취 없이 사라졌다.

# 아직도 못다 한 사랑

'삶은 잠이고 사랑은 꿈이다.'

자꾸자꾸 불러도 싫증 나지 않는 사랑하는 사람의 이름처럼 내가 참 좋아하는, 그래서 자주 쓰는 문구다. 작은 죽음이라 일컬어지는 잠을 삶이라 한 것은 꿈꾸는 인간의 본성을 부각시키기 위한 표현이리라. 사랑 없는 삶을 생각할 수 없듯이 단지 기억을 못할 뿐이지 꿈 없는 잠은 없다고 한다. 매일매일 우리가 갉아먹고 있는 시간인 잠이 달게 느껴지는 것은 꿈이 있기 때문이 아닐까. 하여 우리는 날마다 생의 자양분인 사랑의 꿈을 꾼다.

진주 가는 길, 처음 눈물을 진주로 표현한 이가 누구인가. 삶은 잠이고 사랑은 꿈이다, 라는 아포리즘이 내게 깊이 박혀 있는 것처럼 진주는 눈물, 또 논개로 다가온다. 못다 이룬 사랑의 꿈을 가슴에 품고 영원히 남강에 잠들어 있을 그녀의 넋을 만나러 가는 중에 도닥도닥 다져두었던 생각들이 먼지처럼 머릿속을 부유한다.

날개를 펼치고 낮게 엎드린 한 마리 새처럼 보이는 진주역사 위로 백색과 바다색 구름이 부챗살처럼 펼쳐져 있다. 그 구름 사이로 땅에 엎드린 새 한 마리, 금세 날아오를 것 같다. 그다지 번잡하지 않은 역사 내부를 휘둘러보고 플랫폼으로 들어서자 가장자리, 또 선로와 선로 사이 동글동글한 나무가 초등학생처럼 줄을 지어 앉아 있다. 마치 기차를 기다리며 앉아 있는 꼬맹이들 같다. 길게 이어진 선로를 눈으로 따라가다 고개를 들자 붉은 벽돌 건물의 차량정비고가 눈에 들어온다.

별다른 장식은 없지만 흡사 성(城)의 문처럼 출입구가 아치형이고 그 위쪽으로 둥근 창이 나 있다. 1925년 무렵 건립한 등록문화재 202호인 이 건물은 한국전쟁 당시의 총탄 자국이 벽체에 그대로 남아 있다. 이곳에도 전쟁의 상흔이…. 아픈 상처의 흔적을 더듬는 마음은 언제나 착잡하다. 마음을 비워낸 듯 잎 하나 없이 하늘 향해 키를 키운 나무들은 기차를 기다리고 승강장 기둥에 기대 연신 핸드폰 시계를 들여다보는 여자의 어깨에 내려앉은 플랫폼 처마 그림자는 유난히 짙게 드리워져 있다. 그대 누구를 기다리는가. 카테리니행 8시 기차를 타고 떠나 돌아오지 않는 연인을 기다리는 그 여인처럼 혹여 기약 없는 연인을 기다리는가. 전쟁의 상흔을 보고 난 심란함이 물색없이 처음 본 여인에 투사된다.

교통이 그다지 발달하지 않은 시절, 진주역(경남 진주시 강남동 245)은 서부 경남의 장정들이 논산 훈련소로 가기 위해 집결했던 곳이기도 하다. 나라의 부름을 받고 부모, 형제, 친구, 연인과 헤어지던 장소. 마주 잡은 손의 온기도, 마지막 입맞춤의 애달픈 체온도, 선로 위를 떠도는 시간에 경매 붙였던 기차는 오늘도 압류한 수많은 이별과 기다림의 시간을 싣고 달린다.

진주역사로 들어가는 출입문 옆에 작은 초가가 세워져 있다. 한지 바른 창호문과 지붕 아래 걸린 두 개의 청사초롱, 짚으로 엮은 울타리의 초가가 다소 생경하다. 도열한 군인처럼 늘어서서 역사를 내려다보고 있는 고층 아파트와 무척 대조되는 모습이다. 역사를 빠져나와 뒤쪽 광장으로 나오니 역명판 아래 쓰인 '충절의 고장 진주역에 오신 것을 환영합니다' 란 글귀가 눈에 띈다. 모래시계처럼 생긴 커다란 흰 화분들이 바람에 몸을 시달린 양배추 같은 꽃을 담고 역사를 마주보며 일렬로 늘어서 있다.

남강을 마주한 돌담 전면에
여윈 잎사귀를 드리운 넝쿨이
이제 마악 석축 모퉁이를 돌아
줄기를 뻗고 있다.
찬 계절 아랑곳없이
제 모습 지키는 식물이 기특해
햇빛이 따라와 응원한다.

충절의 고장 진주역은 경전선의 기차역으로 1923년 삼랑진에서 진주 구간이 개통되고 난 뒤 1925년 보통역으로 영업을 개시했다. 1980년 10월 1일 이용객 감소로 폐선되고 말았지만 한때 진주에서 삼천포역까지 운행하던 진삼선이 운행되기도 했다. 지금은 차도로 이용되고 있는 3번 국도가 그것이다. 1970년 4월 1일에는 서울에서 진주 다시 서울을 연결하는 국내 최초의 순환열차가, 1993년에는 서울 진주 간 새마을호가 개통되어 운행됐었다.

진주역에서는 느끼지 못했던 바람이 역과 그다지 멀지 않은 진주성(사적 제118호 경상남도 진주시 본성동, 남성동)에 도착하자 옷깃을 여미게 한다. 내성의 둘레1.7킬로미터, 외성의 둘레 약 4킬로미터. 길게 이어진 성벽 따라 발보다 눈이 먼저 달음질친다. 성 안의 나무들은 고개 내밀어 밖의 세상을 넘겨다보고 나는 처음 와보는 성 안이 궁금해 빠른 걸음을 걷다가 발목이 접힌다.

'강낭콩 꽃보다도 더 푸른 그 물결' 위에 가로놓인 남강교를 배경으로 '거룩한 분노는 종교보다 깊고 불붙는 정열은 사랑보다도 강하다' 라고 노래한 변영로의 논개 시비가 오가는 이들의 눈길을 붙들고, 남강을 마주한 돌담 전면에 여윈 잎사귀를 드리운 넝쿨이 이제 마악 석축 모퉁이를 돌아 줄기를 뻗고 있다. 찬 계절 아랑곳없이 제 모습 지키는 식물이 기특해 햇빛이 따라와 응원한다.

흑룡의 해, 촉석루(경남 문화재자료 제8호) 입구부터 성벽을 따라 저마다의 소망을 적은 한지가 바람에 나풀거린다. 새끼줄에 한데 묶인 누군가의 꿈들이 성벽을 넘어 남강 흐르는 허공에서 여인의 치맛자락처럼 펄럭인다. 햇빛 받은 '꿈 종이'가 눈부시다. 2월 6일 정월대보름 달집태우기 행사 때 이 꿈 적은 종이를 태워 날린다고 한다. 부디 소망하는 꿈들 모두 이루시라!

진주성은 충절의 고장이라 부르는 진주시의 역사와 문화가 집약되어 있는 성지이다. 원래 토성이던 것을 고려조 우왕 5년에 진주목사 김중광이 석축하였다고 전해진다. 김시민 장군이 3천8백 명의 군사로 3만여 명의 왜적을 물리쳐 승리를 거둔(이순신 장군의 한산대첩, 권율 장군의 행주대첩과 더불어 임진왜란의 3대첩) 진주대첩이 일어났던 곳이다. 그러나 다음 해인 1593년 1차 전투의 패전을 만회하려는 왜군의 침략을 받아 마침내 성이 함락되고 7만 민관군이 순국하는 비극을 겪었다.

절벽 위에 우뚝 선 촉석루가 보인다. 전쟁 시 총지휘소로 쓰였던 이 누각은 남쪽에 있는 까닭에 남장대로도 불리며 한국전쟁 때 소실된 것을 1960년에 재건한 것이라 한다. 의암을 내려다보며 절애 위에 영남 제일의 아름다운 누각으로 서 있는 촉석루에서 천수교, 남강교를 바라보는데 어디선가 둥기당 둥당 국악 가락이 들려온다. 가락에 취한 내 눈에 비취색 고운 치마저고리 차려입고 날아갈 듯 춤사위를 펼치는 여인네 하나 보이는 듯하다. 살포시 치맛자락을 맞잡은 손, 날아가는 나비라도 잡을 양 펼치는 순간 양손에 끼워진 열 개의 가락지가 쨍하고 빛을 받아 빛난

다. 그대로 한 폭의 그림 같던 여인 일본 장수와 버선발로 의암비 위를 향해 가고 나도 그들을 따라 몸을 일으킨다. 촉석루 밑, 계단을 내려가니 눈 아래가 절벽이다. 어지럽다. 고개 들어 촉석루를 바라본다. 높게 들린 처마 끝이 남강 가에 길게 그림자를 드리우고 있다. 잔치는 끝난 듯 울리던 가락 멈추고 버선발을 감추던 열두 폭 치맛자락의 고운 여인 자취 없이 사라졌다. 비밀을 발설할 수 없다는 듯 오늘도 말없는 남강 위에 펼쳐진 윤슬만 무수한 진주알처럼 영롱하게 반짝이고 있을 뿐…. 소중한 무언가를 손에서 놓친 듯 허망한 나는 성 안을 서성이는데 푸른 하늘 아래 은색과 갈색의 커다란 나무가 천지를 이을 것처럼 허공에 무수한 가지를 펼쳐놓았다. 영혼의 쉼터인 양 그 아래 놓인 나무 의자 위로 성 밖의 세상 소식을 알리듯 클랙슨 소리 담장을 넘어와 앉는다.

진주성의 동문인 촉성문 주위로 수많은 새의 무리가 날고 있다. 불현듯 체첸공화국의 음유시 「백학」이 떠오른다. 백학이 되어 돌아오지 않는 병사들을 생각하며 왜 우리는 슬픔에 잠긴 채 하늘을 바라보며 말을 잃어야 하는지, 라고 읊조리는 저음의 노래가 머릿속에서 맴돌며 진양호 산책길까지 나를 따라온다.

물방울을 연상시키는 조각품이 먼저 길손을 맞는 진양호(경남 진주시 판문동. 1970년 남강을 막아서 만든 인공호수) 푸른 물길을 마주친 순간 들려오는 또 하나의 노랫소리. 산책로에 설치된 스피커에서 「아직도 못다 한 사랑」 노래가 흘러나온다. 흥얼흥얼 노래를 따라 부르기도 하고 바삭거리는 낙엽을 밟기도 하면서 계

무채색 속에 홀로 붉은 잎사귀.
가지 사이사이로 비집고 들어온 햇빛을
고스란히 받고 반들반들 윤이 나는,
양귀비꽃보다 붉은 정열이 이곳에도 있다니….

단을 오른다. 영화 〈하늘정원〉의 촬영지이기도 했다는 전망대에 오르니 하늘빛과 호수의 물빛을 구별할 수 없는 진양호가 눈 안에 담뿍 들어온다. 구름 없는 하늘과 흐르지 않은 듯 멈춘 호수 사이 겹겹이 포개진 산들이 내밀하게 그 경계를 알리려는 듯 물가에 몸을 담그고 있다. 묵직한 유화의 느낌처럼 계절을 거스르지 않는 정경이다.

올라갈 때 미처 보지 못한 풍경 하나가 내려오는 산책길에 마음을 사로잡는다. 무채색 속에 홀로 붉은 잎사귀. 가지 사이사이로 비집고 들어온 햇빛을 고스란히 받고 반들반들 윤이 나는, 양귀비꽃보다 붉은 정열이 이곳에도 있다니…. 못다 한 그 무엇이 아쉬워 계절을 앞서 빛깔을 드러냈는지, 가슴에 가두지 못하는 사연이 무엇이기에 그리 붉은 존재감을 나타내는지. 온통 숨죽인 겨울 색 앞에서 마음을 마비시키는 독 같은 붉은 잎사귀를 바라보며 잠시 상념에 젖는다.

낭군 없는 세상, 목숨 다해 함께 지키려 했던 진주성이 함락된 마당에 임을 따르지 못할 이유가 어디 있었겠는가. 최경회가 그녀의 낭군이었다 혹은 아니었다, 라는 논쟁은 접기로 하자. 짧은 생애였으나 그녀에게 목숨 바쳐 사랑할 사람이 왜 없었겠는가. 그 이름이 '최경회' 이든 '황진' 이든 '홍길동' 이든 무슨 상관이랴. 또 장군이 아니고 일개 병졸이었으면 어떠랴. 스러져가는 조국애만으로 적장을 끌어안고 남강에 뛰어들었다 해도 상관없다. 그녀의 열정과 사랑을 우리가 알고 있으니 말이다. 다만 너무 큰 상대, 조국보다는 구체적인 누군가를 논개와 짝지으려는 것은 역사 이전에 전설을 꿈꾸는 우리네 심사일 것이다. 도저히 내 생에 찾아올 것 같지 않은 사랑. 그래서 우리는 전설을 만들어 대리만족의 꿈을 꾸는 것이리라. 그 틈에 양귀비꽃보다 붉은 논개가 존재하는 것이다.

저 유유히 흐르는 남강 물같이 또 누구네 가슴을 스윽 베고도 모른 채 사라지는 바람같이 살다 가면 좋으련만 그리 태연자약하지 못하고 유약한 우리는 아직도 못다 한 논개의 사랑과 노래에 안타까운 한숨을 내쉬며… 오늘도 이렇게 연서를 띄운다.

내 삶의 이유인 당신, 어젯밤 당신 꿈을 꾸었습니다.

멀리 방파제 끝에 학리 포구 등대가 보인다.
젖무덤에 봉긋 올라온 유두 모양의
달음산을 경계로 흰색 구름 덧칠한 파란하늘이
고깃배 거느린 바다 위에 펼쳐져 있다.

# 사랑이 떠난 자리

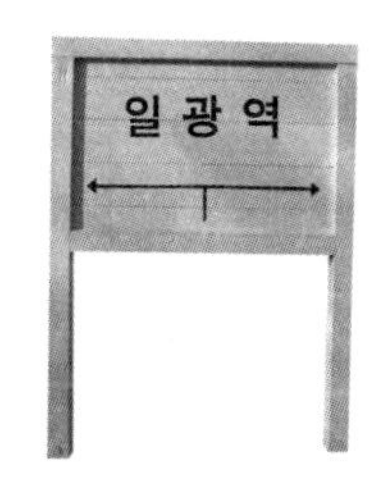


나는 울지 않을 것이다. 네가 진저리나게 그리워도 절대 울지 않을 것이다. 푸성귀 가득한 비빔밥을 꼭꼭 씹어 삼킨다. 헛헛한 기분이 잠시 사라지는 것도 같다. 가당치도 않은 순간의 기억을 밀치고 행장을 꾸린다. 오늘, 누구라도 만나는 이가 있으면 가볍게 실토할 것 같은 마음도 단단히 추스른다. 사랑하는 사람을 보내고 목숨 줄을 놓으려 했던 이의 기사를 읽었다. 웬일인지 뾰족하게 일어난 심경이 주저앉질 않는다. 그래도 번잡하고 호들갑스럽게 살지 말자.

그것도 생(生)이냐고 날 비웃듯 일광역을 찾아가는 길은 복잡하다. 도무지 역처럼 보이는 곳은 없는데…. 내 무딘 방향 감각이 큰 몫 한다. 상가가 즐비한 길을 따라 마트 뒤에 있다는 일광역(기장군 일광면 삼성리)을 찾아간다. 지나는 이들의 마음을 홀리기 위해 마트에서 흘러나오는 음악이 호들갑스럽다. 마을과 역을 분리하는 연두색 펜스가 보인다. 칡넝쿨 같은 줄기가 펜스를 타고 철조망처럼 둘러 있다. 독립투사인 양 숨어 있던 역의 입구에 '관리원 없음' 표지판이 '멈춤' 이라고 쓴 팻말을 엑스자로 매달고 서 있다. 이제는 관리해줄 그 누군가를 잃어버린 빛의 역, 일광. 달콤한 속살거림과 짠한 사연을 남긴 채 기차를 타고 떠나 돌아오지 않는 이들을 여전히 기억하고 있을 일광역은 이제 누구도 들어오지 말라는 듯, 다시 또 누군가를 만나서 사랑을 하게 될 수 없다는 듯 붉은색으로 쓴 '정지', '멈춤', 'STOP' 표지판을 늘어놓았다. 빗질 안 된 머리 같은 엉킨 풀과 덩굴들, 헤집어놓은 철로 양편의 자갈길을 방치한 모습은 마치 폐인처럼 보인다. 자재를 실어 나르는 트럭과 육중한 공사 차량, 포클레인, 용도를 알 수 없는 검고 큰 통들이 역명판도 역사도 없는 역 주위에 주인이라도 되는 양 호기롭게 진을 치고 있다.

'동해남부선 부산~일광 간 복선전철 단계별 신호설비 이설 기타공사' 라는 레일처럼 긴 공사명을 머리에 두른 현장 사무실 앞에 '공사중' 팻말이 문지기처럼 서 있다. 1935년 10월 삼성역으로 영업을 시작했던 동해남부선 일광역은 1949년 현재의 역명으로 변경되었다. 2005년 무배치간이역이 되었고 2009년 4월경, 동해남부선 복선 전철화 공사가 진행되면서 역사가 철거되었다. 철길 옆에 길게 이어진 호스처럼 생긴 굵은 줄을 따라가다 빨간 벽돌 건물 앞에 발길이 멈춘다. 철거된 역사의 부속 건물로 보인다.

'낡은 사람들의 통로' 라고
역을 노래한 이가 누구인가.
낡은 사람도 새 사람도 없는 통로에 서서
'망각' 행 기차를 기다린다.

커다란 나무가 앞뒤로 파수꾼처럼 지키고 있다. 억새와 잡풀 사이를 헤치고 다가가니 문이 꽁꽁 잠겨 있어 궁금증만 더해진다. 빈둥대지 않은 세월을 훈장 삼아 키를 키운 나무가 이제는 버거운 몸피를 건물에 기대고 있다. 언뜻 건물이 나무에 기대고 있는 듯도 하다. 기차를 타고 떠난 시간과 풍경을 아직도 기억하는 동병상련의 다독임 사이로 건너편 상가의 현란한 입간판을 읽는 사이 '학교 종'의 노랫말처럼 땡땡땡 하는 종소리가 요란하게 들린다. 기차가 들어오는 신호다. 벨트를 두른 듯 선로를 가로질러놓은 건널목에 흰색과 빨강이 교차된 옷을 입은 차단기가 내려진다. 낚싯대처럼 철로 가에 차단기가 드리워지고 신호기의 빨간 두 눈은 연신 윙크하듯 깜빡이며 설렘을 드러낸다. 차도 사람도 제자리에 붙박여 고요한데, 기차만 순식간에 역을 훑고 지나간다. 곧 시들 순간이 먼지처럼 역에 쟁여진다. 기차가 흘린 순간을 낚은 차단기가 만세 부르듯 위로 번쩍 올라가고 별처럼 깜빡이던 신호기, 이내 죽은 듯 잠잠하다. 오토바이를 탄 아저씨, 머리에 대야를 인 아주머니, 물건을 잔뜩 실은 트럭이 차단기에 뺏긴 시간을 낚기 위해 건널목 건너 어딘가로 바삐 사라진다. '낡은 사람들의 통로'라고 역을 노래한 이가 누구인가. 낡은 사람도 새 사람도 없는 통로에 서서 '망각' 행 기차를 기다린다. 이제 새로운 길을 가보련다, 선언하며 짐을 꾸리는 이들아, 그 짐 속에 넘치게 받은 사랑도 보태라. 내 살점 같은 사람을 보내는 이들아, '무미련(無未練)' 행 기차를 탄 그들의 죄를 잊어라. 그 뒤에 겨눈 비수

(匕首)로 그대 가슴이 조각조각 벌어질 터이니 비수(悲愁)를 거둬라, 그대를 위해.

안녕을 고하듯 바람 따라 한 아름이 넘는 나무가 줄기를 흔들고 있다.

일광역을 벗어나 당도한 일광해수욕장(기장군 일광면 삼성리)은 오지랖 넓게 눈에 보이지 않을 정도의 끝없이 펼쳐진 해안선을 품고 있지 않아 아늑하다. 동그랗게 반원을 그리고 있는 모양이 아직 숫기 가시지 않은 처녀의 엉덩이 한쪽을 닮았다. 유심히 보지 않으면 지나치기 쉬운 삼성대에 오른다. 작은 동산에 오른 것 같다. 삼성대는 성인 세 사람이 이곳의 풍광을 즐겼다 해서 붙여졌다고 하는데 삼성교의 환인천제, 환웅대왕, 단군왕검이라는 둥, 신라의 원효대사, 의상대사, 윤필 선생이라는 둥 고려 말의 정몽주, 이색, 이숭인이라는 둥 세 성인에 대한 의견이 분분하다. 그러나 이는 근거가 없고 삼성대의 유래는 샘섟대라는 옛 이름에서 찾을 수 있다고 한다. 샘은 남쪽에 있는 약수 샘을 일컫고 섟은 배를 매어두는 곳을 이른다고 한다. 이곳 사투리로 샘섟대를 세성대라 부른단다. 세성은 한자 표기로 정박(井泊)인데 소리 나는 대로 삼성대(三聖臺)라 불리게 됐다는 것이다. 모진 가뭄에도 마르지 않고 물이 샘솟던 바닷가의 희한한 이 샘을 보약처럼 귀중하게 여겼다 한다.

백사장 주위에 노송이 무성했다고 하던데, 그 위를 고고하게 날던 학의 무리가 장관이었다고 하던데, 그들은 모두 어디로 가버렸는가. 희귀한 약수의 물줄기는 또 어디로 사라졌는가. 계절 타는 해수욕장에 거니는 사람도 없다. 삼성대 표지석 옆에 또 하나의 비석이 있다.

이별을 당하여 오직 천 갈래 눈물만이
네 옷자락에 뿌려지며 점점이 아롱지네.
제일 무정한 건 이 가을 해이니
헤어지는 사람 위해 잠시도 멈추지 않네.

–고산 윤선도, 「증별소제(贈別少弟)」 두 수 중 부분

여기도 이별이 아파 우는 이가 있다. 일생 동안 많은 유배 생활을 했던 고산 윤선도. 그가 35세 때 아버지의 상을 치르고 찾아온 동생과 헤어지면서 느낀 아쉬움이 시에 그대로 묻어 있다. 기장 짠 내음 섞인 해풍은 세월의 더께 입은 이런저런 경조(慶弔)의 사연들이 섞여 하늘과 바다를 휘돌다 지금에 이르렀으리. 우리가 한 번 내쉴 때 공기 안에 들어 있는 분자는 그 수를 헤아릴 수 없어 돈으로 쌓으면 지구와 태양을 수천만 번 오갈 수 있다 한다. 여전히 공기 분자는 활발히 움직이고 있기에 그날 아우와 헤어지는 고산의 애끓는 한숨과 눈물이 대기를 돌고 돌아 지금의 내게 전달되는 듯하다. 무정한 게 어디 가을 해뿐이겠는가. 찬 계절 벌써 해가 넘어가려 한다.

해수욕장 끝자락, 바닷길을 따라 길게 목재 데크가 설치된 곳

바람 부는 겨울 바다 위에
분주한 새들의 날갯짓이 이어진다.
공중 높이 차올랐다가
바다를 향해 곤두박질하는 아름다운 삶의 활강.
물속에 잠시 잠겼던 새의 부리에
오늘의 양식이 물려 있다.

으로 이동한다. 학리포구로 들어가는 입구다. 푸른 소나무와 갈색조의 굽은 나무들이 병풍처럼 둘러쳐진 오른쪽 풍경과 바다와 하늘이 펼쳐진 왼편 그림을 번갈아 감상하며 학리 마을에 진입한다. 심상치 않아 보이는 고목 두 그루에 마음이 빼앗긴 건 순식간. 그냥 지나칠 수 없어 오르는 길을 찾는데 도무지 길이 보이지 않는다. 항상 동요하는 곳으로 가는 길은 순탄치 않다. 마을 사람에게 나무를 보러 가는 길을 물으니 동네에서 모시는 나무라고 사진도 찍으면 안 된단다. 세상에 그런 법이 어디 있는가, 라는 생각을 하면서도 사람들 눈을 피해 나무를 몰래 훔쳐보다 발길을 돌린다. 멀리 방파제 끝에 학리 포구 등대가 보인다. 젖무덤에 봉긋 올라온 유두 모양의 달음산(기장8경 가운데 제1경인 명산)을 경계로 흰색 구름 덧칠한 파란하늘이 고깃배 거느린 바다 위에 펼쳐져 있다. 행여 천막 같은 하늘이 바다 위에 떨어질세라 훌쩍 키 큰 가로등이 하늘 한가운데를 쿡 지르고 우뚝 서 있다. 그 사이를 허공에 날려 보낸 종이비행기처럼 흰 새들이 떼 지어 날고 있다. 바람 부는 겨울 바다 위에 분주한 새들의 날갯짓이 이어진다. 정연한 비행 끝에 이어지는 활강과 일렬로 늘어서 날아가는 새들의 군무를 보며 언젠가 나를 위해 새를 훈련시켜 이벤트를 준비했다던 후배의 말이 생각난다. 그날처럼 내 입가에 미소가 번진다. 공중 높이 차올랐다가 바다를 향해 곤두박질하는 아름다운 삶의 활강. 물속에 잠시 잠겼던 새의 부리에 오늘의 양식이 물려 있다.

어디선가 꽹과리 소리가 들리는 듯하다. 뱃전을 어지럽게 휘도는 새들의 날갯짓이 마치 맨발에 맴치마(홑치마)만 걸친 오영수 소설가의 '갯마을' 속 여인네들처럼 느껴진다. 고샅을 돌아 만선의 멸치 배를 맞으러 달려 나오는…. 그 속에 두 남편을 잃고 해조를 따고 조개를 캐는 해순의 모습도 섞여든다. 흰 새의 활강처럼 바닷속으로 자맥질해 들어가는 해순이 눈부시다. 무릇 살아 움직이는 모든 것은 그 자체만으로 아름답지 않은가. 사랑하는 이를 보내고 황폐해진 사람처럼 폐역인 일광역은 머잖아 헤집어진 상처의 자리를 다져 이름처럼 환한 빛의 새 역사를 세우고 영업을 재개하게 될 것이다. 떠나버린 그리운 이 하나 내 삶의 새 역사를 세우는 계기로 만들자. 이도 삶의 한 모습 아니겠는가. 그러니 살점 같은 이를 떠나보낸 그대, 자신의 가슴 조각내는 비수(悲愁)를 거둬라. 키 큰 가로등 위에 앉아 움직이지 않던 새 한 마리, 지금 마악 아름다운 활강을 시작한다.

비는 오락가락하고 하늘은 먹장구름에 뒤덮여 있다.
어느 시골의 작은 도시 길목 같은 도로, 다방과
낡은 신문보급소 간판을 단 낮은 상가들 안쪽에 숨어 있는 기장역은
아이보리색으로 전체 외벽을 칠하고 군데군데
그림을 그려놓아 유치원 건물 같다.

# 물처럼 바람처럼

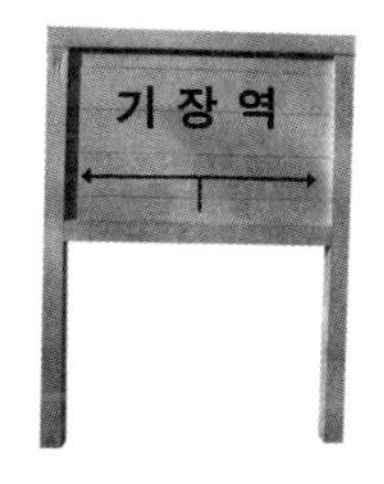


"시와 밤새 그 짓을 하고 지쳐서 허적허적 걸어나가는…." 늦게 불려나간 자리에서 후배 H는 '최하림' 의 시를 흥얼대고 있었다. 시간이 흘러 어느 순간 H의 입에서는 독설이 쏟아져 나왔고 '피 끓는' 이나 '청춘' 이란 단어가 어울리지 않는 우리는 그 시간이 곤혹스러웠다. 그는 무언가 치밀어 오르는 울분으로 잠을 이룰 수 없다고 했다. 왜 우리는 사회적 스트레스로 잠을 못 이뤄야 하며 가슴에 암덩이 같은 멍울을 하나씩 간직하고 살아야 하느냐고 소리소리 질렀다. 모두들 술잔만 만지작거리며 한숨을 쉬고 있는데 H의 아내 J가 어디고 문제없는 사회와 가정은 없다, 라며 침묵을 깼다. 그 순간 H가 갑자기 그녀에게 빈말하지 말라며 막말을 했고 삽시간에 분위기는 삭막해졌다. 하는 일마다 실패를 거듭해 재산을 거의 탕진하고 실의에 빠져 있는 H는 사회와 가정에 자신의 실패를 돌리고 싶어 하는 것처럼 보였다.

이틀 후 그들을 만날 양으로 버스를 탔는데 H는 하루 전에 어디론가 떠났고 자기 역시 여행을 위해 2시간 전에 기차를 탔다고 J가 말했다. 정의롭고 다재다능했던 H, 그런 H의 절대적 지지자였던 J, 식상한 말로 죽음도 갈라놓을 수 없을 것 같았는데 그 둘에게 생긴 틈은 얼마큼인지 가늠하기 어려웠다.

함께할 소박한 이유들을 찾기 위해 고심하고 있을 H와 J를 생각하다 목적지를 놓치고 기장역(기장군 기장읍 청강리 54. 1934년 12월 16일 보통역으로 영업 시작)으로 향한다.

비는 오락가락하고 하늘은 먹장구름에 뒤덮여 있다. 어느 시골의 작은 도시 길목 같은 도로, 다방과 낡은 신문보급소 간판을 단 낮은 상가들 안쪽에 숨어 있는 기장역은 아이보리색으로 전체 외벽을 칠하고 군데군데 그림을 그려놓아 유치원 건물 같다. 외벽의 창을 따라 왼편으로 눈을 돌리니 기차와 연둣빛 나무, 빨간색 꽃을 그려놓았는데 그 아래 배추꽃으로 울타리를 만들어 조성한 화단에 품종을 알 수 없는 초록빛 싹이 움트고 있다. 봄기운으로 무럭무럭 자라 단란한 가족의 식탁을 풍성하게 꾸며줄 푸성귀의 어린잎이 귀엽고 신기하다.

커다란 둥근 화분이 놓여 있는 광장을 둘러보다 역사 안으로 들어가니 그야말로 아기자기한 풍경이 펼쳐진다. 작은 공간이라 그런지 스토브 하나 켜져 있는 역사 안이 따뜻하게 느껴진다. 매표소 맞은편 화장실을 가린 푸른 줄기 늘어진 파티션과 선반 위의 앙증맞은 작은 조화들, 동화책 꽂힌 책꽂이 풍경을 구경하고 있는데 네댓 명의 아주머니들이 미역이 삐죽 나온 보따리를 들고 의자에 앉는다. 영락없이 언젠가 영화에서 본 듯하면서 정겨운 작은 시골 역 풍경이다. 같은 미역일진대 서로 자신의 미역 자랑을 하는 아주머니들을 뒤로 하고 승강장 출입문을 민다.

선로 건너편 아파트를 가리고 선 몸체 우람한 나무들이 눈앞을 막아선다. 멀리 있으나 제일 먼저 눈에 띄는 홍매화 나무 곁으로 다가가는데 어디선가 후다닥 뛰어온 젊은 남녀가 꽃잎에 카메라를 들이대고 접사 촬영에 정신이 없다. 바람 불고 빗줄기 오락가락하는 찬 날씨에 연분홍 봄꽃이 반갑기는 매한가지이나 그들의 시간을 방해하지 않기 위해 옆의 나무로 시선을 돌린다. 커다란 삿갓을 눌러 쓴 것처럼 보이는 향나무는 줄기를 잘라낸 흔적인 듯 동그란 상처가 군데군데 나 있다. 상처 밑으로 울퉁불퉁하게 패여 매끄럽지 않은 몸체가 녹록하지 않은 시간의 풍상을 감추고 있는 듯하다. 지난 세월을 삿갓 속에 감춘 나무 옆에 선 단풍나무는 고운 잎이 매달려 노닥였을 잔가지를 허공에 늘어뜨리고 두 개로 뻗어나간 몸체를 하나로 합해 멋들어진 형상을 만들었다. 잔가지 뻗은 줄기 사이로 군데군데 공사 중인 흙더미가 보이고 그 뒤로 파란색 기장역 역명판이 눈에 들어온다. 멀리 고층빌딩 위로 먹빛 구름이 짙어지고 있다고 느낀 순간 기차가 들어오는지 음악이 울려 퍼지자 깃발 든 역무원이 분주히 움직인다. 조용하던 역이 다소나마 활기를 띠게 되는 짧은 이 시간, 꽃잎 분분히 날리는 봄날 한가운데 서 있는 것처럼 가슴이 콩닥거린다. 괜한 내 설렘을 나무라듯 창을 열고 역무원이 기차 떠나는데 빨리 타라며 소리친다. 홍매화에 매달려 있던 젊은 연인들이 놀라 손을 잡고 뛰어가고 단풍나무 늘어진 가지 아래 빨간 기차는 봄꽃 같은 연인들을 태우고 유유히 멀어진다.

기차 여행을 좋아하는 취미가 같아서 사랑하게 됐다는 부부, 평생의 동지라는 것을 서로 굳게 믿고 있는 그들은 지금 어디에 있는지. 저들처럼 다시 손 붙들고 환하게 웃으며 기차에서 내리는 H와 J를 떠올려본다.

열차 떠난 자리, 무덤처럼 거대한 흙더미와 텅 빈 승강장이 내 눈 속으로 달려든다. 저마다 도저한 시간의 세포들로 엮인 듯 묵직한 향나무와 단풍나무, 홍매화를 비롯해 두 그루의 모과나무는 다른 곳에 이식되었다가 기장역사가 완공되면 다시 역의 적당한 곳에 자리를 잡는다고 한다. 새로운 터전 위에 심어질 나무들이 상처 아문 흔적인 수많은 옹이를 가지기를, 그리하여 아름다운 문양을 가진 멋진 고목으로 다시 태어나기를 바라며 출사지로 유명한 기장 오랑대(부산시 기장군 기장읍 연화리)로 발길을 돌린다.

이름 고운 연화리 마을의 작은 사찰 해광사를 지나 바닷가 길로 내려서니 고려 때 기장으로 귀향 온 친구와 더불어 시랑 벼슬을 한 5명의 벗들이 모여 가무를 즐겼다는 오랑대가 눈앞에 펼쳐진다. 죄를 지어 귀향 온 친구를 위무하러 온 지인들이 멋진 풍광

에 반해 오히려 세속에 찌들어 살고 있는 자신들을 측은히 여겼을 법한 풍경이다. 멀리 등대를 마주 보고 바다 쪽으로 길게 몸을 내민 높다란 바위 위에 용왕당이 서 있다. 그곳을 향해 걷고 있는 누군가의 발걸음을 재촉하려는 듯 철썩이는 파도의 몸짓이 잦아진다. 작은 섬처럼 바다에 떠 있는 바위가 밀려오는 파도와 하얀 거품에 휩싸여 물속으로 잠긴다. 뾰족한 심사를 드러내듯 모서리가 삐죽삐죽한 바위 위로 파도가 겹쳐진다. 거센 파도에 쓸리고 깎여 점점 둥글어지는 바위. 어느 결에 파도 소리가 일정한 음률처럼 느껴진다. 문득 기장역사 안 액자에 걸려 있던 글이 떠올라 속으로 읊조려본다.

청산은 나를 보고 말없이 살라하고
창공은 나를 보고 티 없이 살라하네
사랑도 벗어놓고 미움도 벗어놓고
물처럼 바람처럼 살다가 가라하네

그날의 그들도 파도 장단에 맞춰 고려 때의 고승 나옹선사의 글을 노래로 옮겨 부르며 춤을 추지 않았을까…. 바위 위에서 하얗게 부서지는 물결이 다섯 시랑의 신명 나는 한바탕 춤사위로 느껴진다. H가 겪고 있는 지금의 시련 또한 모나지 않게 깎인 바위를 만드는 파도의 추임새이기를 바라본다. 그래서 세상으로부터 추방당하지 않고 누구와도 뒤섞여 춤추며 자신의 재능을 발휘하기를.

바다를 내려다보며 병풍처럼 둘러선 소나무 숲에 내린 석양을 등지고 돌아서는 길, 파도 소리가 내내 뒤를 따른다.

일출이 아름다워 많은 사진작가들이 즐겨 찾는 오랑대를 벗어나자 일몰 직전의 구릉에 선 두 그루의 소나무가 시선을 사로잡는다. 비 갠 하늘빛이 떨어지기 직전의 해가 펼쳐놓은 붉은빛의 끝자락을 붙잡은 듯 맞닿아 있다. 그 공간에 서 있는 나무와 풀이 그림 속 풍경인 듯 흔들림 하나 없다. 감빛 고운 일몰 뒤에 찾아오는 또 다른 감동의 일출이 있음을 아는 저 구릉에 선 두 그루 나무처럼, 새로운 역사가 들어서는 그날 다시 이식될 그 나무들처럼, 아직은 엮을 이야기가 많은 H와 J는 기차를 타고 무심한 듯 휘돌다 자기 자리로 돌아오리라 믿는다. 하룻밤 사이에 만리장성도 쌓을 수 있는 건 기적이 아니라 사랑의 힘이라는 것을 아는 그들이기에. 나무의 상처인 옹이가 아름다운 문양을 만드는 것처럼 H와 J가 서로에게 주었던 상처가 가피(痂皮)를 떨치고 새 살로 다져지고 굳어져 끊을 수 없는 연을 만들기를 바라본다. 오늘, 차창 밖으로 지는 일몰이 유난히 뜨겁고 아름답게 느껴진다.

동해남부선을 타고 가다 경주역을 지나
형산강철교를 건너면 만나는 나원역은
2008년 여객 운행을 중단했다.
하지만 이곳에도 봄은 어김없이 찾아와
빛깔 고운 꽃과 향을 흩어놓고
홀로 제 솜씨에 홍겨워하는 듯하다.

# 봄날은 간다

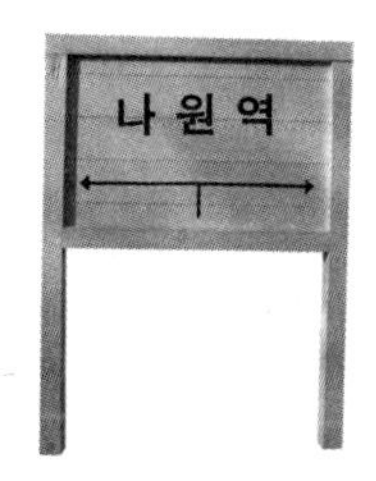


♬ 형산강 물줄기는 내 님의 눈물, 굽이굽이 흘러서 하늘로 가네.
사람은 세월 따라 변해가지만 갈 수 없어 맴도는 그 날의 넋이여.

최백호의 「형산강」을 청승맞게 잘 불러 곧잘 놀림을 받던 친구는 마음을 크게 다쳐 지금 동굴 속에 웅크리고 있다. 사랑했던 연인을 만날 수 없는 그녀는 내게 자신의 연인을 대신 만나 마음을 전해주기를 원했지만 나는 한 마디로 거절했다. 친구는 연인이었던 이를 갈 곳 없고 지쳐 있던 자신에게 쉴 수 있는 마음의 쉼터를 내 준 사람이라고 말하지만 내 눈엔 언제라도 거두어들일 마음밖에 없는 사람으로 보였기 때문이다. 친구의 정성이 가닿지 않는 부박한 마음과, 이를 떨치지 못하는 그녀의 마음을 생각하며 노랫말처럼 영원히 젊은 얼굴 푸른 형산강을 바라본다.

경주 · 포항의 젖줄이며 신라천년 옛 도시 경주의 맥을 이어오는 데 큰 구실을 했다는 형산강 가 주위의 황금빛 풀숲으로 진군하듯 초록빛이 물들어가고 있다. 바람의 손길로 직조된 파란 물결은 고요히 흐르고 홀로 핀 홍매화의 진분홍색이 유달리 진하게 느껴진다.

멀리 보이는 산책 나온 남녀의 속살거리는 풍경을 일별하고 강을 따라 걷는데 조금 전 높고 낮은 건물 주위의 동대교에서 바라본 강물과는 왠지 느낌이 다르다. 말없이 흐르는 강물은 변함이 없을진대 그 주변 풍경에 따라 강물이 새삼 다르게 느껴지는 심사를 모르겠다.

강을 벗어나 밭과 비닐하우스가 즐비한 시골길로 접어든다. 어느 막다른 골목에 들어선 집처럼 안쪽에 서 있는 나원역사가 아치를 그리며 꽃 든 손을 맞잡고 있는 양쪽의 커다란 벚나무 가지에 가려져 있다. 초록 잎사귀 사이사이에 섞인 개나리는 작은 입으로 해사하게 웃는 것 같고 흐벅진 벚꽃 잎의 빛깔이 따뜻하게 느껴진다.

동해남부선을 타고 가다 경주역을 지나 형산강철교를 건너면 만나는 나원역(경상북도 경주시 현곡면 나원리 721-1. 1935년 12월 16일 영업 개시)은 2008년 여객 운행을 중단했다. 하지만 이곳에도 봄은 어김없이 찾아와 빛깔 고운 꽃과 향을 흩어놓고 홀로 제 솜씨에 흥겨워하는 듯하다.

작은 역사의 문을 밀고 들어가자 오래전에 여객 운행을 멈춘 역답지 않게 등공에 의자 네 개와 무지개 색 입은 긴 의자가 곧 손님을 맞을 것처럼 천연덕스럽게 역사 안에 놓여 있다.

김춘갑 역장님은 여객 운행을 하지 않는 나원역의 주 업무는 경동홀딩스에 도착하는 화물취급과 사방역, 나원역의 철로 신호체계를 관리하는 일이라고 일러주신다. 선로용 자갈을 만들 수 있는 돌이 인근 산에서 생산되기 때문에 동해남부선과 자갈 수요를 원하는 중앙선이나 기타 다른 역에 수송해주는 업무도 하고 있단다.

예전에 승객이 드나들었을 승강장을 보기 위해 철길로 나서는데, 플랫폼 가운데에 심어놓은 동백 주위로 빨간 꽃잎이 핏자국처럼 떨어져 있다. 화단 쪽에 핀 자목련과 붉은 동백의 강렬함이 승객 없는 화물역의 인상을 각인시킨다.

여객 운행을 하지 않아 단출할 것이라고 생각했던 철로가 예상과는 달리 꽤 복잡하다. 인근 산에서 나는 돌로 만든 것이라는 역장님의 말씀을 들어서인지 그 주위로 깔려 있는 자갈에 눈길이 한 번 더 간다. 정차해 있는 화물 열차를 일별하고 플랫폼을 벗어나려는 찰나 사람 없는 기차역의 적막을 견뎌온 동백이 객의 시선을 붙든다. 따뜻한 눈길과 손길이 그리운 것은 아름다운 본능일 터. 발길 돌리는 내 뒤쪽으로 구름에 가려졌던 햇빛이 동백의 머리 위로 쏟아진다.

손때 묻은 책이 꽂힌 역사의 내부를 눈으로 다시 훑고 역장님이 알려주신 국보 제39호 나원리 5층 석탑(경주시 현곡면 나원리

676)을 보기 위해 나원역을 빠져나온다. 들어설 때 반겨주던 벚꽃이 여전히 해사한 모습으로 나를 배웅한다.

굴다리도 지나고, 비닐하우스 속의 토마토도 구경하고 하우스에 달라붙어 자라고 있는 야생화도 구경하면서 걷고 걸어도 5층 석탑이 있을 법한 곳은 보이지 않는다. 길을 묻고 싶어도 사람은 없고 멀리 백색 꽃이 흐드러지게 핀 밭만 눈에 띈다. 밭 안에 줄기가 묶여 아치를 이룬 꽃길이 끝없이 이어져 있다. 푸진 꽃으로 꽃멀미가 난 듯 탑을 찾아 다시 나서는 길에 어지럼증이 인다.

인적 없는 곳에서 만나는 아주머니가 더없이 반가워 얼굴에 웃

음이 번진다. 웃는 얼굴 내치지 못하고 친절한 아주머니 덕에 다시 걸을 힘을 얻는다.

커다란 나무 앞에 석탑의 위치를 알리는 이정표가 보인다. 길눈 어두운 사람답게 300미터만 보고 이정표가 약간 굽어져 있는 것을 간과한 채 유채꽃 핀 곳으로 직진한다. 고물과 쓰레기가 널려 있는 음침한 산의 막다른 공간까지 들어간 나는 주위 풍경을 보고 난 후 별별 상상을 다하며 뛰다시피 도망 나온다.

간절히 원하는 마음이 하늘에 닿길 바라며 인간이 만들었다는 탑을 만나러 가는 길, 구불거리며 이어지는 오붓한 길가에서 쑥을

뜯는 엄마와 아이가 작은 점처럼 움직이고 연둣빛 새 잎 돋는 나무가 수양버들처럼 가지를 허공에 늘여놓고 바람에 흔들리고 있다. 봄의 또 다른 꽃 풍경이다. 낭창한 나뭇가지 뒤쪽으로 조붓한 길이 보인다. 그 길에 들어서면 금세 내게도 봄빛 초록물이 들 것 같다.

이중 기단 위에 세운 9미터 높이의 5층 석탑.

모서리 부분의 치켜 올라간 날렵한 모습으로 무사를 연상시키는 남성적인 느낌의 석탑이 낮은 구릉 위에 우뚝 솟아 있다.

오랜 세월 눈과 비바람의 세파에 시달렸어도 그 모습을 잃지 않고 화강암의 백색을 자랑한다고 해서 '나원 백탑' 이라는 별칭을 가지고 있는 나원리 5층 석탑은 감은사지 삼층 석탑(국보 제112호), 고선사지 삼층석탑(국보 제38호)과 비교되는 석탑으로, 만들어진 시기는 8세기경으로 추정하고 있다.

1996년 해체 작업 시에는 지붕돌 3층 부분 사리함에서 금동불입상, '무구정광대다라니경' 의 종이와 3층 옥개석의 추녀 끝에 풍경이 달려 있는 특이한 모양의 작은 탑이 나왔다. 현재는 국립중앙박물관에 보관되어 있다고 한다.

흔적 없이 절터가 사라진 뒤에도 너른 평야와 유유히 흐르는 형산강을 내려다보며 그 속에서 생로병사 희로애락에 허우적거리는 인간 군상의 모습을 지켜봤을 탑이 감고 있는 시간의 더께가 묵중하게 다가오는데 오늘도 내색 없이 그 자리를 지키고 있다.

옛 절터는 어떠한 자취도 없이 사라졌지만 뒤쪽에 새로 생긴 나원사라도 볼 양으로 목재 계단을 밟고 탑 아래로 내려서자 나란히 선 소나무가 보인다. 조화롭게 마주 선 소나무에 머문 눈길도 잠시, 키 작은 나무 아래 바람 따라 분분히 지고 있는 벚꽃 비로 시선이 옮겨간다. 화라락 필 때보다 미련의 내색 없이 지는 모습이 더 아름다운 꽃. 벚꽃이 좋아 봄을 좋아한다는 친구의 계절이 가고 있다.

그림자와 합세해 절을 지키는 회화나무 사이로 아담한 나원사 절이 들어앉아 있다. 인적 드물기는 나원역이나 이곳이나 매한가지. 사람의 따뜻한 손길이 그리운 총명하고 예쁘게 생긴 절의 하얀 강아지는 객을 보고도 짖지 않는다. 우연의 일치인지 역에서 보았던 붉은 동백을 이곳에서도 본다. 마음의 동요를 일으킬 만큼 붉고 사극적인 동백이 가라앉은 절과 묘하게 어울린다. 파란색 섞인 절의 창호문은 지는 해와 어우러져 적요하고 신비한 분위기를 자아내고 있다.

친구의 애를 태우며 가버린 사랑이, 역과 절의 저리 붉은 동백이, 또 이리 화사한 벚꽃이 숨긴 쓸쓸함의 깊이가 느껴지는 시간.

깜깜한 동굴에 누워 있는 친구가 탈피를 마치고 유채꽃 주위를 맴도는 나비처럼, 봄 한철 격정에 휩싸여 살았던 화사한 시간을 도도하게 끝맺는 벚꽃처럼, 가벼워지기를 소망해본다. 그리하여 천년 세월을 견딘 하얀 거탑처럼 우뚝 서기를….

저리 꽃비가 내리면서 계절은 가는데… 영원히 젊은 얼굴 푸른…, 하며 읊조리는 친구의 청승맞은 노래가 듣고 싶다.

아사달과 아사녀가 저들처럼 다시 만나
질펀한 삶의 구렁에 빠져 살았다면
애련한 전설은 생기지 않았으리.
무릇 영겁의 세월도 비켜가는 전설은
미완에서 나오는 것이란 생각이
내 안에 고인 한숨을 몰아낸다.

# 이루지 못한 사랑 위로는 시간이 흐르지 않는다

"죽을 둥 살 둥 찾아봐!"

길눈 어두운 내게 친구가 자주 했던 말이다. 무엇이든 쉽게 가르쳐주지 않았던 친구. 밉지 않았다. 친구의 그 말이 "죽을 둥 살 둥 살아봐!"라는 말로 들렸기 때문이다. 죽동역 역시 '죽을 둥 살 둥' 까지는 아니어도 찾는 데 어렵긴 마찬가지.

철도가 아니어도 이쪽과 저쪽을 오가기 편한 세상, 2007년 6월 1일부터 여객 운행을 중단한 죽동역(경상북도 경주시 외동읍 죽동리 235. 1965년 6월 11일 무배치간이역으로 영업 시작)은 한적한 시골 마을에 단선 레일로 자리하고 있다.

죽동건널목을 가기 위해 철길로 다가서는데 곧 허물어질 듯한 폐가가 흉물스럽게 서 있다. 역사로 쓰였던 건물인가 싶어 살펴보니 방 안에 부서진 장롱이 놓여 있다. 철길과 이렇게 가까이 지어진 가정집이라니. 신기하고 의문스럽다. 마땅히 물어볼 사람도 없고 궁금증만 쌓여 주위를 두리번거리는데 선로 바로 옆에 핀 붓꽃이 삶이 아무 곳이나 전을 펴면 어떠냐고 반문하는 듯 입을 크게 벌리고 웃고 있다.

넓게 펼쳐진 들판, 그 주위로 옹기종기 모여 있는 작은 마을에 머물던 시선이 길게 뻗은 철길을 따라 달리다 영원히 만날 것 같지 않은 두 개의 레일이 하나가 되는 꼭짓점, 그 정점 위에 멎는다.

뭉게구름이 플랫폼을 덮은 잡초 위로 진군해오고 있다.

몸을 돌리자 잡초 무성한 승강장 한쪽에 부식된 듯 얼룩진 동판의 역명판과 칠 벗겨지고 낡은 긴 의자 두 개가 눈에 띈다. 승객처럼 의자 위에 올라 앉아 있는 여객 취급 중단 안내판을 일별하고 1967년 신축했다는 역사의 흔적을 찾기 위해 선로 주위를 서성이는데 멀리 건널목을 지나는 할머니 네 분의 양산이 한적한 풍경에 색을 더한다.

할머니들이 사라진 철길 아래 초록으로 뒤덮인 넓은 논에서 그야말로 죽을 둥 살 둥 허리를 굽히고 일하는 농부가 보인다.

기차를 탄 수많은 사람들의 생의 무게를 지탱하며 세월을 다지는 철길과 황금빛 꿈을 안고 뜨거운 계절을 보듬은 들판의 풍경 위에 잠시 생각의 보퉁이를 내려놓는다.

경주 남산리 3층 석탑(보물 제124호. 경주시 남산동 227-2)을 보게 된 건 순전히 우연이다. 서출지를 보러 가는 중에 길을 잘못

들었기 때문이다.

다보탑과 석가탑처럼 쌍을 이루어 동서로 나란히 서 있는 두 개의 탑이 처음부터 눈에 들어온 건 아니다. 앞쪽에 우뚝 서 있는 웅장한 탑 하나를 일별하고 발길을 돌리는데 뒤쪽에 서 있는 또 하나의 심상치 않은 탑이 눈에 띈다.

이처럼 웅장한 두 개의 탑이 있는 걸로 봐서 꽤 큰 절이 있었을 법한데 정확한 사찰 명을 알 수 없어 남산리 3층 석탑으로 불리고 있다 한다.

자신의 집(?)을 잃어버린, 돌을 벽돌처럼 다듬어 쌓은 모전석탑 형식의 앞쪽 동탑과 기단에 팔부신중(불법을 수호하는 천天 · 용龍 등 8종의 신과 같은 장수)을 돋을새김한 뒤쪽의 서탑을 둘러보고 나오는 길에 예사롭지 않은 연못을 발견한다. 마을 사람들이 옛 기록대로 양피못이라 부른다는 연못이다.

연못 가장자리에 서 있는 나무가 물속에 비쳐 마치 두 개의 나무가 물과 땅을 뚫고 뿌리를 맞잡고 있는 듯하다.

조용한 주위, 탁한 물속에 잠긴 나무들, 그 위를 덮고 있는 연잎과 작은 부유물이 금방이라도 무언가 불쑥 튀어나올 것 같은 연못의 음기에 한몫한다. 그 모습을 사진기에 가두고 서출지로 향한다.

서출지(書出池)는 사적 제138호로, 신라 소지왕(炤知王)이 까마귀의 안내로 당도한 이곳에서 홀연히 나타난 노인에게 '거문고 갑을 쏘시오(射琴匣)' 라는 내용의 서찰을 전해 받고 목숨을 구했다는 전설을 간직하고 있다.

이제 막 올라오기 시작하는 돌돌 말린 연잎과 조선 현종 5년에 임적이 지었다는 이요당(二樂堂)이라는 정자가 발을 담그고 있는 서출지의 모습이 남산리 삼층석탑 근처의 양피못과는 다른 분위기를 자아내고 있다.

이 두 연못에는 지금의 풍경이 서로 뒤바뀌었을지도 모르는 사연이 있다.

남산리 쌍탑 일대의 동네 이름이 원래 피촌(避村)이었다는 점, 까마귀를 따라가라는 소지왕의 명령을 받은 기병이 남쪽의 피촌에 이르러(南至避村〈今壤避寺村〉) 연못 속에서 나온 노인에게 서찰을 전해 받는다는 삼국유사의 내용과 일치하는 점, 쌍탑 곁의 못을 지금도 양피못이라 부르고 있는 점 등을 들어 향토사학자와 동네 노인들은 양피못을 원래의 서출지라고 여긴다는 것이다.

서출지 둘레의 몸피 굵은 나무들 사이로 또 다른 시간이 쌓이고 있다.

언제 어디서나 무심히 흐르는 시간도 이루지 못한 사랑 위로는 흐르지 않는 건 아닐까.

부부의 연을 다하지 못한 아사달과 아사녀의 전설이 깃들어 있는 영지(影池)와 영지 석불좌상(경북 지방유형문화재 제204호. 경북 경주시 외동읍 괘릉리 1297-1)을 보러 가면서 불현듯 스친 생각이다.

연못 가장자리에 서 있는 나무가
물속에 비쳐 마치 두 개의 나무가
물과 땅을 뚫고 뿌리를 맞잡고 있는 듯하다.

영지암과 아사녀 석불좌상이란 이정표를 따라 조붓한 소나무 길을 따라 들어가니 소담스런 수국 꽃과 날개를 펼친 듯한 석불좌상의 옆모습이 눈에 들어온다. 정면을 보기 위해 발걸음을 옮기는데 창살 사이로 일그러진 불상의 얼굴이 시선을 사로잡는다.

불국사 석가탑이 일명 무영탑(無影塔)으로 불리는 내력과 연관 있는 이 불상은 백제의 석공 아사달이 영지에 몸을 던져 죽은 아내 아사녀의 명복을 빌기 위해 만들었다는 전설이 깃들어 있다.

신라의 불국사에 안치될 다보탑과 석가탑을 만들기 위해 백제에서 온 석공 아사달. 긴긴 세월 낭군을 기다리다 신라를 찾은 아사녀는 탑이 완성될 때까지 낭군을 볼 수 없었다. 다만 탑이 완성되면 영지에 그림자가 비칠 것이라는 스님의 말을 듣고 날마다 영지 주위를 맴돌다 어느 날 영지에 비친 탑과 낭군의 환영을 보고 못에 몸을 던지고 만다. 뒤늦게 이 소식을 들은 아사달이 아내의 모습을 돌에 새겼는데 완성된 불상의 모습은 아사녀인 듯 부처인 듯 분간이 어려웠다고 한다.

겁 없는 세월이 지나간 흔적을 고스란히 얼굴에 담고 있는 불상을 닮았다는 아사녀의 모습을 상상하면서 그녀가 몸을 던진 영지로 향한다.

그리운 낭군을 가슴에 품고 아사녀가 몸을 던진 영지 주위에 눈처럼 온통 하얗게 핀 개망초가 지천이다. 아사녀가 떨군 눈물을 머금고 피었을 하얀 꽃 주위로 때아닌 점박이 노란 나비가 팔랑거리며 객을 맞는다.

헤아릴 수 없을 만큼 많은 공기 분자 속에 아직도 남아 있을지 모르는 그녀의 한숨이 내 안으로 밀려드는 듯하다.

커다란 바위 위에서 낚시를 하던 아저씨 한 분이 "잉어 잡으러 왔는데 이놈의 배스 때문에 한 마리도 못 잡았다"라며 불만 섞인 한마디를 던진다.

40년 넘게 이곳에서 살았다는 아저씨의 말에 의하면 1970년 말까지만 해도 온통 연꽃이 만발했던 아름다운 못이었는데 강바닥 모래를 파고 개발을 하는 바람에 연꽃도 민물고기도 모두 사라져 버렸다고 한다.

영지의 옛 모습을 모르는 객은 그저 산책하기 편하게 못 주위를 조성해놓았구나, 라고만 생각했는데 아닌 게 아니라 영지 건너 도로 쪽에 세워지고 있는 콘도와 자연스러움이 없는 영지 주위 풍경이 새삼 마음에 걸린다.

영지를 돌아보고 나오는데 멀리 개망초 사이로 어디서 나타났는지 제방을 서성이는 젊은 연인들의 모습이 보인다.

아사달과 아사녀가 저들처럼 다시 만나 질펀한 삶의 구렁에 빠져 살았다면 애련한 전설은 생기지 않았으리. 무릇 영겁의 세월도 비켜가는 전설은 미완에서 나오는 것이란 생각이 내 안에 고인 한숨을 몰아낸다.

한 남자의 생명을 살린 연못과 한 여인의 목숨을 앗아간 두 개의 못을 돌아보고 귀가하는 길, 뒤바뀌었을지 모르는 두 연못의 운명과 채 이루지 못한 아사달과 아사녀의 사랑이 나를 상념으로 이끈다.

아사녀와 아사달의 만남은 끝내 이루어지지 않았으나 부처인지 사랑하는 아내인지 분간할 수 없는 예술품을 완성하는 순간, 평행한 두 개의 선로가 어느 순간 꼭짓점을 이루며 만난 죽동역의 철길처럼 그들의 사랑 또한 절정을 맞으며 맺어진 것은 아닐까. 영원히 사라지지 않고 세월을 비켜갈 그들의 애틋한 사연을 품고 나직한 산 아래로 홍시 빛 저녁놀이 지고 있다.

# 2부

# 삶이 버거운 그대에게

# 기차는 영원한 디아스포라

'기차는 영원한 디아스포라, 징처가 없다.'

기차를 놓치고 공허한 내 안에 평행한 철길을 따라 천양희의 시 구절 한 토막이 걸어 들어온다. 내 것일 수 없는 시간을 쉽게 떨치지 못하고 플랫폼을 기웃대다 쉴 만한 곳을 찾는다. 어느 역이나 조금은 훈훈하고 조금은 쓸쓸한 듯한 대합실 풍경. 왠지 포클레인을 운전할 것처럼 생긴 아저씨 둘이 커다란 소리로 대화를 나누고 있다. 얼핏 보면 싸우는 것 같다. 온 얼굴에 웃음을 띠고 욕설로 시끄럽게 오가는 한담에 자리가 불편하다. 쉽게 끝날 것 같지 않은 그들의 이야기를 욕이 아닌 '시'로 생각하자 마음먹는다. 추운 날씨 탓이다.

여기도 씨벌

저기서도 씨벌

씨벌이 살아서 펄펄 날아다니는데

처음엔 귀를 어떻게 간수해야 할 것인지 차마 난감하더니

나도 몇 잔 탁배기에 담궈 보니

씨벌 참 좋다.

–조기호, 「조껍데기 술집」 중에서

'탁배기' 가 없어도 욕이 시가 되는 시간. 기차를 놓치고 얻은 두어 시간의 공백이 순식간에 성대한 사색의 성찬을 차린다. 깊은 수면을 취하던 모월 모일 모처의 기억들을 불러내 레일 위에 진열해놓고 기차를 기다리는 시간이 지루하고 사랑스럽다.

기차가 들어오는 기척에 누군가의 발 옆에 누워 있던 가방이 몸을 일으키고 나는 주섬주섬 기억의 편린들을 마음의 보퉁이에 싼다.

밀양강과 낙동강, 조수(潮水)의 '세 강물이 섞여 일렁이는 나루' 라는 뜻의 삼랑진을 가는 길. 유유히 흐르는 강물이 보인다.

아마존의 강물은 우기에 따라 짙은 푸른색 물과 아마존의 황토색 강물이 산타렘에서 만나 섞이지 않고 넓은 바다까지 동행한다고 한다. 두 강물이 섞이지 않고 그렇게 멀리까지 나란히 갈 수 있는 건 바다라는 한 곳에 이르러 하나가 될 수 있다는 희망이 있기에 가능한 것이 아닐까, 하는 생각을 해본다. 저마다의 꿈을 휘

감고 삼랑진으로 흘러들었을 강물을 바라보다 역에서 내리는 사람들 속에 나도 섞여든다.

승강장을 벗어나기 위한 지하도 반대 방향으로 파수꾼처럼 서 있는 급수탑(2003년 문화재청 등록문화재 제51호)이 보인다. 거대한 통조림통처럼 생긴 이 탑은 예전 증기기관차에 물을 공급하던 시설물이다. 돌에서 철근 콘크리트로 이행하는 건축 재료의 변천사뿐 아니라 역사의 이해와 근대 교통사 연구의 주요 유산으로 인정받고 있다고 한다. 짙푸른 잎사귀로 탑의 온몸을 끌어안고 요염을 떨었을 넝쿨이 마른 줄기로 흔적을 남기고 계절 뒤에 숨어 있다. 승강장을 사이에 두고 양쪽으로 펼쳐진 선로가 눈에 들어온다. 확 트인 바다를 바라볼 때처럼 눈이 시원하다. 경부선 열차와 경전선 기차가 오고 가는 양쪽의 철로를 일별하고 지하도로 향한다. 내부 모습이 독특하다. 사진이 담긴 액자가 눈높이로 길게 줄을 지어 벽에 붙어 있다. 만어사(삼랑진읍 용전리), 작원관지(경상남도 유형문화재 제73호) 등 삼랑진역 인근의 주요 관광지 모습이 실린 사진과 더불어 열차가 밟아온 시간과 풍경이 담겨 있다.

1905년 1월 1일 보통역으로 영업을 개시한 삼랑진역은 경남 밀양시 삼랑진읍 송지리에 자리 잡고 있다. 현재의 역사는 1900년대에 지었던 목조건물을 헐고 1999년 새로 지은 것이다. 네 개의 기둥 사이에 전면 유리로 된 외양이 박물관이나 미술관을 닮았다. 햇빛에 반짝이는 유리의 투명함이 보는 이들의 마음을 환하

승강장을 사이에 두고
양쪽으로 펼쳐진 선로가 눈에 들어온다.
확 트인 바다를 바라볼 때처럼 눈이 시원하다.

게 환기시킨다. 1970년대나 80년대를 연상시키는 삼랑진시장과 거리의 정경에 비해 실내 역시 대합실과 매표소가 유리로 장식되어 있어 현대적이라는 느낌이 든다. 넓고 깨끗한 모습도 기분 좋지만 친절한 역무원의 안내가 겨울의 찬 기운을 녹인다.

역사 밖에 마련된 의자에 앉아 담배를 피우던 나이 지긋한 어르신이 카메라 든 나를 향해 역을 찍어 워따 쓰냐고 물으신다. 예전에 삼랑진역은 열차를 타고 내리는 승객들로 넘쳤고 장이 서는 날은 인근에서 물건을 팔기 위해 몰려드는 사람들 때문에 발 디딜 틈이 없었다고 알려주신다. 사람이 많이 모이다 보니 치고받고 싸우며 바닥을 뒹구는 일이 다반사로 일어났는데 그래도 그때가 좋았시, 라는 어르신의 말씀이 담배연기와 함께 허공으로 흩어진다. 붉고 예쁜 딸기의 시배지이고, 드넓은 평야와 도도히 흐르는 강물에서 뛰노는 물고기가 지천이었을 삼랑진의 살기 좋았다는 옛 모습을 떠올려본다.

사람들을 화들짝 놀라게 했던 1905년산 화륜거(火輪車)가 희망만 싣고 달려온 것은 아니었다. 철도를 군사 목적으로 사용하려던 일본은 러일전쟁에서 승리한 후 대한제국과 을사조약을 체결하고 우리 민족에게 덮어씌울 시련과 고통의 올가미를 준비하고 있었기 때문이다. 삼랑진에서 쉽게 눈에 띄는 적산가옥들은 그 시간들의 흔적이자 교통의 요지였다는 증표다. 서울과 부산을 잇는 경부선 철도의 개통과 동시에 영업을 시작해 백년이 넘는 세월을 넘긴 역의 무게감이 묵직하게 다가온다.

삼랑진역에서 멀지 않은 삼랑진읍의 시장은 시골 향 풍기는 간판과 틈 없이 어깨를 맞대고 늘어선 상가들로 정겹다. 어느 순간 시간이 멈춘 듯하다. 눈앞에 보이는 허름한 가게 옆 귀퉁이를 돌아 다시는 볼 수 없는 할아버지가 또 애가 저미듯 그리운 이 하나 불쑥 걸어 나올 것 같다. 잃어버린 시간들을 살 수 있는 곳은 없을까. 그 시간 속에 숨은 그리운 사람의 옷자락을 끌어당겨 내 품에 데려올 수는 없을까. 시장을 지나며 부질없는 생각에 빠진다.

삼랑리 마을의 낙동강 위를 가로지른 다리는 한결같이 제 그림자 담긴 물속에 발을 뻗고 고요하다. 일명 콰이강의 다리, 삼랑진교를 정면에서 바라보니 흡사 입 벌린 거미 같다. 차량 두 대가 몸을 사리며 겨우 비켜갈 수 있는, 속 좁은 거미를 닮은 교량은 세월의 더께에 눌려 일정량을 넘기는 무게와 높이의 차량을 거부한 채 소식(小食)하고 있다. 세계제패의 꿈을 안고 있던 일본이 2차 세계대전 당시 태국과 미얀마를 잇기 위해 만들었던 철교, 무리한 단축공사로 수많은 인명피해를 냈던 죽음의 교량, 콰이강의 다리가 왜 삼랑진교의 다른 이름으로 불리는지…. 모양이 비슷해서인지 아니면 일제강점기에 만들어진 다리의 사연을 알고 있는 이가 붙인 것인지 알 길이 없다. 산뜻하게 단장한 연보랏빛 신낙동강철교 위로 무궁화호 기차가 지나간다. KTX가 다니기 전까지 경전선철교로 이용되었던 구낙동강철교 아래 유독 짙은 그림자가 드리워지는 것 같다. 강물과 한몸이 되어 이쪽과 저쪽을 잇던 나룻배가 사라진 자리에, 높이 뜬 철교들이 까칠해 보인다.

낙동강 위를 가로지른 다리는 한결같이
제 그림자 담긴 물속에 발을 뻗고 고요하다. 일명 콰이강의 다리,
삼랑진교를 정면에서 바라보니 흡사 입 벌린 거미 같다.

강물 위 아슬아슬하게 펼쳐진 모래톱 끝에
가까이 있으나 멀어 보이는 나무 두 그루가 서 있다.
물에 잠긴 제 그림자에 취한 듯 적막하다. 무념무상의 세상이다.

좁장한 뒷기미 나루의 초입.

씩씩한 남정네의 이름 같은 안태호, 천태호가 들어앉은 근처 양수발전소의 고즈넉한 정경만큼이나 혼자서도 외롭지 않을 사색에 젖게 한다. 바람에 날려 허공에 흩어진 키 큰 나무의 가지 사이사이로 물결에 반사된 햇빛이 분양받은 듯 자리를 차지하고 앉아 반짝인다. 오른쪽으로 병풍처럼 펼쳐진 벼랑 아래 곱게 쓸린 낙엽이 모아져 있다. 마치 벼랑이 신발을 신고 있는 것 같다. 내가 걷는 보폭에 맞춰 나무와 색 빠진 풀잎을 멋스럽게 걸친 벼랑이 함께 걷는다. 멀리… 하늘 아래 앞산을 뒤에서 껴안은 듯 겹쳐져 있는 산과 산. 그 모습을 감추듯 아스라한 정경이 안개빛 시폰 커튼을 드리운 것 같다. 강물 위 아슬아슬하게 펼쳐진 모래톱 끝에 가까이 있으나 멀어 보이는 나무 두 그루가 서 있다. 물에 잠긴 제 그림자에 취한 듯 적막하다. 무념무상의 세상이다. 버리고 온 것, 두고 온 무언가를 찾아 헤매는 생각의 끄나풀 그 사념을 내려놓으라는 듯.

고단하고 먼 길 달려온 밀양강의 강물이 낙동강 물과 만나는 곳. 삼랑진의 산타렘이 이곳 뒷기미 나루다. 요산 김정한의 소설 「뒷기미 나루」의 배경이 된 곳이기도 하다. 인기척 없는 강가에서 밭벼도 제대로 영글고 채소도 길차게 자란 들이 어디쯤인지, 춘식과 속득이 달밤에 멱을 감던 곳은 어디쯤인지 더듬어본다. 살인자로 몰린 속득이와 생사를 알 수 없는 춘식, 그들의 삶을 더 이상 지켜볼 수 없어 자결한 박 노인의 삶은 더 이상 반복되지 않는지. 민초들의 소박한 행복을 허락하지 않는 잔인한 역사는 이제 끝났는지. 콰이강의 다리와 삼랑진역에 방울방울 떨어진 눈물 자국은 이제 다 말랐는지. 자잘한 나무와 물풀이 수북하던 모래톱은 사라지고, 쉼 없이 강바닥을 파헤치는 포클레인의 험악한 삽질을 지켜보며 물색없이 생각에 잠긴 내 앞으로 검은 새 한 마리 날아오른다. '사람이 슬픈 짐승이라면 새들은 겨를 없는 숙명에 충실할 뿐….' 어느 시인의 시 한 소절이 그 뒤를 따라간다.

지는 해도 겹겹이 포개진 거대한 산도 물기 없는 나무도 강물에 그림자를 빠뜨리고 고요한 뒷기미 나루를 떠나며 누군가와 함께 다다를 바다를 생각한다. 고단하고 무의미한 삶이 새롭게 느껴진다.

어둠에 잠겨 있는 삼랑진역 위로 둥근 달이 떠 있다. 갈등하던 이광수의 『무정』 주인공들이 이곳 삼랑진역에서 마음을 합쳐 음악회를 열었던 것처럼 노래 같은 웃음소리만 기차를 타고 내리기를 바라본다.

정처가 없는, 영원한 디아스포라…. 기차가 들어오고 있다.

철길 한쪽에 늘어선 훌쩍 키 큰 가로등과 나무들은
승객 끊어진 지 오래된 폐역에 황량함을 더하고,
그 아래 덩그러니 서 있는 버섯처럼 둥근 나무 한 그루,
덩달아 고즈넉한 분위기에 부조한다.

# 지친 내 영혼을 위하여

'지혜로운 매의 유령.' 인디언식 내 이름이다. 며칠 전 지인 몇 명이 모인 자리에서 누군가 인디언식으로 이름을 짓자고 제안했다. "늑대와 춤을?" 내 물음에 제안자가 깔깔거리며 고갤 끄덕였다. 모두들 호기심에 눈이 반짝반짝했다. 태어난 연(年)과 월, 일에 붙은 각각의 이름이 있는데 그걸 조합해 짓는 거라고 했다. 첫 타자로 이름을 부여받게 된 사람은 다소 말이 많고 느린 선배. 태어난 해의 끝자리가 0인 선배는 연의 이름이 '말 많은' 이었다. 월의 이름은 '돼지' 일의 이름은 '맨날 잠잔다' 해서 덮어쓴 이름이 '말 많은 돼지 맨날 잠잔다.' 쿡쿡거리는 웃음들이 선배의 씁쓰름한 빛이 역력한 얼굴에 센스 없이 날아가 앉았다. '푸른 불꽃의 환생', '조용한 바람이 노래하다' 와 같은 멋진 이름도 나왔다. 잠시 상대의 얼굴을 바라보며 그 사람을 지칭하는 이름을 생각해

내는 일이 유쾌했다. 우리의 웃음을 훔친 시간이 그리 멀리 도망간 줄도 모르고 말이다.

'다솔사역' 이란 역명을 처음 듣고 인디언식 이름을 받았을 때처럼 생소하고 머릿속이 잠시 띵해지는 묘한 느낌이었다. 소나무가 많아 다솔인가 하는 생각도 빗나가 많이 거느린 절이라니…. 거느린 무엇이 많기에 역의 이름으로까지 번진 것인지, 궁금증이 끝 모르고 이어졌다.

말려 올라간 옷 사이로 언뜻언뜻 보이는 처녀의 속살처럼 양쪽 나무 사잇길로 다솔사역의 철로가 보이는 찰나 어디에 숨어 있었는지 한 무리의 새들이 푸드득 날갯소리를 내며 이리저리 흩어져 객을 맞는다. 옹기종기 야트막한 따뜻함 없이 철길 한쪽에 늘어선 훌쩍 키 큰 가로등과 나무들은 승객 끊어진 지 오래된 폐역에 황량함을 더하고, 그 아래 덩그러니 서 있는 버섯처럼 둥근 나무 한 그루, 덩달아 고즈넉한 분위기에 부조한다.

코스모스 축제로 유명한 북천역과 완사역 사이에 있는 다솔사역은 경상남도 사천시 곤명면 봉계리에 위치하고 있으며 근처 사찰인 다솔사의 이름을 따서 역명이 지어졌다. 1968년 경전선 진주에서 순천 구간 개통과 동시에 영업을 개시했으나 도로가 발달하고 사람들이 도회지로 빠져나가 역을 이용하는 사람이 줄어들자 1986년 무배치간이역이 되었고 급기야 1995년에는 역사까지 철거되고 말았다. 지금은 버스정류장 형태의 간이 역사가 그 자리를 대신하고 있지만 복선화 작업이 끝나고 나면 지나치는 기차도 없는 풍경 속의 역으로만 남게 된다. 곁에 있어도 평생 내 것인 적 없는 평행한 선로의 외로움을 아는 양 철길 가까이 두 발 딛고 선 흰옷 입은 역명판은 묵묵히 고요한 시간을 견디고 있다.

미처 펼쳐놓은 생각들을 쓸어 담기도 전에 뜻하지 않게 기차를 본다. 철커덕거리며 묵중한 무게로 바람을 일으키며 달려오는 기차에 순간 몸이 빨려 들어갈 것 같다. 지축이 흔들리고 대기가 소용돌이치는 것 같다. 기차가 휩쓸고 간 자리, 나무가 그림자를 내려 선로 등을 다독이고 내 주위를 떠돌던 생각과 시간은 수갑 채워진 듯 정지해 있다. 너무 기차 가까이 있었던 탓이다. 기차가 흔들어놓고 간 시간들을 추스르지 못해 나는 허둥대고 있는데, 너는 지나가라, 마음의 뿌리까지 송두리째 흔들고 아무 일 없었다는 듯 너 그렇게 지나가라, 여기 이렇게 나, 언제까지 서 있을 테니… 하고 읊조리듯, 간이역사, 크고 작은 나무들, 커다란 눈물방울 같은 전구 매단 가로등, 모두 다 너무 의연하다. 그들의 오랜 세월 뿌리내린 외로움의 내공에 나는 한숨을 포옥 내쉰다.

가을이면 역 주위에 지천으로 핀 코스모스가 아름답다는 다솔사역. 꽃이 없어 다행이다, 꽃이 있어 마음이 휘둘린다면 또 어찌 그 시간을 견딜 것인가 생각하며 발걸음을 옮긴다.

은사리, 아름다운 이름. 아름다운 것은 슬픔을 품고 있다더니 경남 사천의 은사리 산 27번지에 또 하나 아픈 역사의 흔적이 있다. 세종대왕의 태실지(경상남도 기념물 제30호)가 있는 곳이다. 아니 태실지의 부산물들을 모아놓은 곳이다. 산 아래 경사지점의 계단을 오른다. 태실지에 있던 태비(胎碑), 지배석(地排石), 석주(石柱), 난간석(欄干石) 등 검은 이끼 묻은 비와 부서진 석물들이 모아져 있다. 조선시대에는 태(胎)를 왕자와 공주의 신체와 같이 귀히 여겨 이를 별도로 보관하기 위해 태실지를 조성하여 관리하였다. 세종대왕의 원래 태실지는 산 정상부에 있지만 현재 그 자리는 살아생전 부귀영화를 연장시키려는 듯 호화로운 묘비를 세운 망자들이 누워 있다. 세종대왕이 자신의 태실 지근거리에 만든 손자 단종의 태실지(경상남도 기념물 제 31호, 사천시 곤명면 은사리) 역시 민족문제연구소에서 친일파로 밝힌 이의 무덤이 들어서 있다. 일제강점기 때 일제가 조선 왕실의 무덤을 공동 관리한다는 명목하에 경기도 양주의 서삼릉으로 옮기고 길지인 이곳에 왕릉이 조성되는 것을 막기 위해 일반인에게 팔아버렸기에 생긴 일이다.

차 한 대가 지나갈 수 있을 정도의 조붓한 길가, 무수히 꺾인 가지와 동그랗게 몸이 말린 잎사귀가 한 가지 색으로 풍경을 이루고 있다. 색 바랜 버들강아지가 초록의 옛 영화(榮華)를 그리듯 빛 밝은 쪽으로 몸을 기울이다 바람에 고개가 꺾인다. 죽어서도 화려함을 자랑하는 망자들의 집(?) 주위를 나는 '유령' 처럼 한동안 배회한다.

와인 빛 낙엽 깔린 오솔길, 거느린 것이 많아 역명으로까지 그 명성이 번진 다솔사로 오르는 길이다. 황토색 길 위에 붉은 잎사귀들이 지천으로 널려 있다. 눈 돌린 숲, 빽빽하게 푸른 하늘 가

다솔사로 오르는 오솔길

린 나무들 발아래 마치 단풍잎 떨어진 자리처럼 역시 붉은빛이 가득하다. 사천왕과 일주문 없는 절의 오솔길을 벗어나 우뚝 솟은 거대한 황금편백나무 세 그루를 보자 정말 와인 몇 잔에 취한 것처럼 잠시 발걸음이 비틀한다. 마시지 않아도 취하는 오묘한 절의 정취다. 20미터 높이의 황금편백나무는 만해 한용운이 1939년 60세 회갑을 맞아 함께 활동해온 김범부, 김범린, 최범술, 최린, 허백련 등과 함께 안심료 앞마당에 식수했다고 한다. 지난한 역사의 시간과 사연을 먹고 자란 어린 나무가 성장해 아침동녘의 빛을 받고 찬란한 황금빛을 토해내고 있는 것처럼 어지러운 국가의 백성인 것을 통탄하며 다솔사에서 독립운동을 도모했던 만해 한용운은 주옥같은 시편들로 나라 잃은 울분을 삭이지 못하는 백성의 가슴에, 심지 얕은 구도자의 정신에, 혹은 임을 그리는 마음에 환한 빛을 밝혀주었다.

맞은편 안심료의 열린 창호 문 사이로 한용운과 김동리 선생의 영혼이 황금편백나무가 쑥쑥 자라고 있는 앞마당을 내다보고 있는 듯하다. 형인 김범부의 소신공양 이야기를 듣고 김동리 선생이 등신불을 집필하게 된 이곳 다솔사(경상남도 사천시 곤양면 용산리 86번지)는 신라 지증왕 때 연기조사가 '영악사' 라는 이름으로 창건했다고 전해진다. 선덕여왕 5년에 새 건물 두 동을 세우고 다솔사로 이름을 바꾸었다. 임진왜란 당시 불탔으나 숙종 때 원래의 모습으로 복원했고 현재의 건물은 1914년의 화재로 타버린 것을 이듬해 다시 세운 것이다.

이제 제 할 일을 다한 듯 보이는 대양루(유형문화재 제89호)의 찌그러진 북을 일별하고 맞은편 온갖 번뇌와 망상이 적멸한 보배로운 궁이라는 뜻의 적멸보궁으로 향한다. 치켜 올라간 처마와 편액의 멋들어진 글씨체가 어우러져 수려하다. 계단을 올라 옆문을 통해 보니 진신 사리를 모신 곳에는 없다는 불상이 있다. 그것도 옆으로 길게 누운 와불. 그 뒤쪽의 구름 모양 창으로, 108과의 진신 사리를 모신 탑이 보인다. 사리탑이 서 있는 절 뒤쪽으로 차문화의 산실답게 넓은 차밭이 펼쳐져 있어 심신뿐 아니라 눈이 맑아지는 느낌이다.

내려오는 길 가장자리, 고인돌 같은 커다란 돌 위로 자잘한 돌이 쌓이고 쌓여 탑을 이루고 있다. 오고 가는 사람들이 저마다의 소원을 빌며 하나씩 쌓아올렸을 탑을 바라본다. 탑은 본래 부처의 사리를 보관하기 위해 쌓기 시작했지만, 부처의 세계에 닿고자 하는 인간의 간절한 소망과 정성들이 모여서 이루어진 것이리라. 그 마음의 흔적들 앞에 잠시 걸음을 멈춘다.

자신의 영혼이 따라오지 못하고 길에서 헤매게 될까 두려워 아메리칸 인디언들은 사냥을 하다가도 뒤를 돌아보는 시간을 갖는다고 한다. 앞만 보며 바삐 달려가는 우리네 삶은 영혼을 제대로 챙기고 있는 것일까. 우리의 영혼은 이미 길을 잃고 헤매는 건 아닌지…. 내려온 길을 돌아본다. 오랜 세월 더께 낀 사연을 품은 채 대양루와 적멸보궁이 나를 내려다보고 있다. 겨울 소나무가 차가운 바람을 맞으며 청청하게 나를 둘러서 있다. 온갖 번뇌와 망상이 적멸한 세계, 맑고 푸른 청정의 세계임을 문득 깨닫는다. 다솔이란 수많은 깨달음을 거느린다는 뜻이란 것도 이제야 깨닫는다. 앞으로 달려가느라 바빠서… 항상 뒤늦게 오는 나의 깨달음. '유령' 처럼 내 영혼을 헤매게 만들고 지치게 만든 죄를 면할 수 있게 해 달라고 타인들의 희망 속에 돌 하나를 얹는다.

다솔사역에서 멈추지 않고 지나치던 그 기차의 속도감을 생각한다. 정신을 흔들고 빨아들일 것 같던 그 아찔한 질주를 떠올린다. 앞으로만 달려가야 하는 기차의 운명을 생각해본다. 우리 인생의 기차도 그토록 빨리 달려 과연 어느 역에 도착하려 하는가. 이제 아무도 찾지 않는 다솔사역이 오히려 더 많은 것을 거느리고 있음을 느낀다.

저 멀리 눈앞에 와인 빛 낙엽 깔린 오솔길이 보인다.

푸른 산빛을 깨치고 단풍나무 숲을 향하여 난 작은 길을 걸어서 차마 떨치고 갈 수 없는 나의 영혼을 기다리는 이 시간, 날카로운 첫 키스의 추억처럼 행복하다.

지치지 않고 따라오고 있느냐, 나의 영혼아!

곁에 있어도 평생 내 것인 적 없는
평행한 선로의 외로움을 아는 양
철길 가까이 두 발 딛고 선 흰옷 입은 역명판은
묵묵히 고요한 시간을 견디고 있다.

# 언젠가 그날이 오면

"너도 없고 메야도 없구나!"

친구가 그 말을 하는 순간부터 우리의 대화는 더 이상 이어지지 않았다. 서로 연락이 없어도 잘 있겠거니, 내 마음 알겠거니 생각하며 사는 친구의 느닷없는 말에 나는 적잖이 당황했다. 메야는 그녀와 내가 성인이 되는 기념으로 온 동네를 뒤져 찾아낸 '거기' 로 통하던 카페였다. 자신이 흘린 촛농을 드레스처럼 차려입고 선 커다란 초가 밤새 어둠을 밝히던, 영화 로미오와 줄리엣의 「A Time For Us(언젠가 그 날이 오면)」가 남녀 주인공의 대사와 섞여 반복해서 흘러나오던 우리들의 아지트. 그녀의 전화 한 통으로 앙금처럼 가라앉아 있던 옛 추억이 내 앞에 부지런히 전을 폈다.

한동안 가슴 뻐근하게 빠져 있던 내 추억은 리허설에 불과하다는 걸 서생역(울산광역시 울주군 서생면 화산리에 있는 동해남부선으로 1953년 10월 영업을 시작하였다가 2007년 여객 취급을 중단하였다)에 닿아 깨닫는다. 좀체 속내를 드러내지 않던 친구의 뜬금없는 말처럼 서생역을 찾아가는 길은 뜻밖이라는 생각이 들게 한다. 산 위에 기차역이라니. 초록과 갈색이 뒤섞인 댓잎과 억새가 어우러진 조붓한 산길을 오른다. 낮은 산등성이에 잔가지를 모두 쳐내고 솟대처럼 서 있는 나무 아래 뒤엉킨 머리카락처럼 어수선한 가지가, 땅에 떨어진 낙엽을 주우려는 듯 지상으로 길게 늘어져 있다. 산길을 벗어나는 순간 다리에 철조망을 칭칭 감은 서생역 역명판이 보인다. 순간 대동강아, 변함없이 잘 있느냐~ 하는 노랫가락이 요란한 개짖는 소리와 섞여 들린다. 기찻길가에 집이 있다니. 철조망이 가로 막혀~ 컹컹, 다시 만날 그날까지~ 왈왈! 흥얼흥얼 노래하는 할머니와 연신 낯선 객을 향해 짖는 개 두 마리.

"안 물어, 안 물어. 지 새끼 데려갈까 봐 그러는 겨."

바짓단에 입부리를 가져다 대는 개를 피해 흠칫하는 날 보며 여기서 50년 넘게 살았다는 할머니가 손사래를 치신다. 사진 찍는다고 이렇게들 찾아오는데 내는 반갑고 고맙지, 라고 말하는 할머니의 얼굴에 바싹 마른 낙엽 같은 웃음이 번진다. "기차가 안 서서 내가 이렇게 늙었어." 서른두 살에 이곳으로 왔는데 그 이듬해에 남편을 잃고 4남매를 키웠다는 할머니의 한 마디가 가슴에 박힌다. 이곳에는 현재 기찻길 옆에 다섯 가구가 옹기종기 모여 살고 있다고 한다. 예전엔 손님도 많았고 좋았단다. 열차 서고 나가는 걸 다 알아서 기차 타려는 승객들에게 알려주기도 했는데 이제는 씽씽 달리는 기차가 위험하기만 하다며 한숨을 내쉰다. 성장한 자식들은 모두 타지로 나가고 얼마 전 새끼 열 마리를 낳은 개 수발하느라 정신없다는 할머니가 내 고생한 거 이야기하자면 눈물 나서 말 못한다, 라는 이야기를 몇 번이나 되풀이하신다. 들으나 안 들으나 매한가지로 할머니의 눈빛에 다 담겨 있는 가슴 미어질 사연. 역명판을 마주 보며 셀로판지를 붙인 것처럼 연둣빛 도는 직사각형 유리 건물이 서 있다. 예전에 기차를 기다리는 승객들이 사용하던 대합실 건물이다. 부옇게 퇴색한 창을 통해 안을 들여다보니, 길게 일렬로 늘어선 흙먼지 앉은 색색의 의자 아래 낙엽이 신문지, 스티로폼과 함께 수북하게 쌓여 있다. 상가 쇼윈도 같던 대합실에 진열된 설렘과 기대를 사기 위해 수시로 멈춰 서던 기차는 이제 잊힌 기억인 양 흐린 유리 건물 안에 갇힌 추억을 더 이상 돌아보지 않는다. 선로를 사이에 두고 훌쩍 키 큰 가로등이 양편에 서 있다. 흡사 주례사 앞에 마주 선 신랑 각시 같다. 통, 캄캄한 밤길 외롭지 않겠네. 가로등의 가는 몸체 한 번 두드려 말을 건네고 선로를 따라 걷다가 어느 순간 화들짝 놀라 걸음을 멈춘다. 곧게 일자로 뻗어 있던 철길이 구불구불 휘어져 있다. 우거진 숲속 나무 사이를 몸 뒤틀며 빠져나온 거대한 구렁이처럼 보인다. 구렁이가 아니고서야 어찌 강철이 저리 유연하게 몸을 내돌릴 수 있단 말인가. 구렁이를 피해 반대편으로 몸

을 돌리니 그쪽 나라에서 무슨 일이 있었냐는 듯 말짱한 모습으로 철길이 길게 뻗어 있다. 잠시 고개 들어 하늘을 바라보는 사이 산모퉁이를 마악 돌아 나온 기차가 누가 따라올세라 쏜살같이 서생역을 빠져나간다. 그 찰나, 서지 않는 기차 때문에 할머니의 얼굴에 주름이 하나 더 늘고 새끼를 싣고 갈까 컹컹 짖어대는 어미개, 밟으면 차르륵 차르륵 소리를 내는 자갈돌, 선로 위에 마음을 내리고 쉬는 나무들의 풍경과 시간을 영원히 간직하고 싶은 객의 소망이 카메라에 담긴다. 사진기 안에서 '서 생' 은 '저 생' 으로 보이기도 하고 '서' 자가 가려진 '생(生)' 으로 보이기도 한다. 마을 위 또 다른 '저 생' 과 날 것의 '생(生)' 이 살아 있는 '서 생' 을 뒤로하고 산길을 내려온다.

꽃 대신 피는 풀 억새, 꼬불꼬불 몸이 휜 나무들, 천지를 다 품을 듯 배짱 좋게 가슴 펼치고 누운 바다에 빼앗긴 마음이 서생포 왜성(울산광역시 문화재자료 제8호. 울주군 서생면 서생리 711 일원)을 둘러보기 위해 오르면서 평정을 찾는다. 서생리 성내마을 뒷산에 있는 이 왜성은 성 둘레 4.2킬로미터, 면적 15만 1,934 제곱미터의 성벽으로 임진왜란이 일어난 다음 해 일본장수 가토 기요마사의 지휘하에 돌을 사용해 쌓은 16세기 말 일본식 평산성이라고 한다. 발굴을 마치고 복원 중이라는 창표당(임란 중 일본군과 싸우다 전사한 공신들을 배향하기 위해 선조 32년에 세운 사당으로 지금은 터만 남아 있다) 터를 지나니 약간 가파른 언덕길에 벚꽃나무 줄기가 세월의 무게를 견디지 못하고 건너편까지 늘어져 있다. 산 아래까지 이어진 길고 넓은 외성과 달리 복잡한 구조의 내성이 시작되는 주출입구는 차 한 대가 지나갈 정도의 간격을 두고 지프 두 대가 머리를 맞댄 모양이다. 기울어진 성벽 둘레를 따라 푸른 소나무와 잎 하나 없이 줄기 무성한 벚꽃 나무들이 제법 굵은 몸체로 서 있다. 사람이 심은 몇 그루 나무에서 날아간 씨앗이 성벽의 끝자락이든 한가운데든 개의치 않고 자리를 잡은 후 생명을 키워 저리 많은 나무가 성을 에워싸게 되었으리라. 전쟁이 끝난 자리, 봄이면 지천으로 피어 환란의 흔적을 감싸는 꽃나무가 갸륵하게 느껴진다. 직진형과 되형 출입구, 엇물림형 출입구를 지나 산정부 중심 곽에 이르자 뿌리에서 갈라져 나온 또 하나의 나무와 몸을 합친 요상한 나무가 보인다. 자신의 몸에 붙어 위로 뻗고 있는 나무 때문에 무릎을 꺾어 옆으로 자라고 있는 나무의 운명은 또 무언지…. 나라를 빼앗기고 자신의 의지대로 살 수 없었던 우리의 36년 세월 또한 이런 모습은 아니었을지. 가지런히 쌓아 올린 성벽과 그 사이사이 틈에 끼워진 작은 돌들이 정교한 예술품 같다. 작품 같은 성벽을 쌓기 위해 동원된 우리 민족의 수는 얼마나 많았으며 그 고통은 또 얼마나 컸을 것인지. 이런저런 상념, 거미줄처럼 뻗은 벚나무 가지에 걸어놓고 왜성을 내려온다. 바다를 앞에 펼친 마을이 보인다. 다시 뒤를 돌아보니 성벽 위 나무들이 몸 기울여 이쪽을 내려다보고 있다. 피어라, 꽃들아! 이제 곧 봄이 올지니 환하게 화라락 피어 불온하고 불운한 기운 다시는 침범하지 못하도록 천지에 지천으로 피어라

모양을 만들고 말리는 순서를 거쳐
굽기까지의 지난한 과정과
흙, 물, 바람, 불의 조화 속에 만들어지는
옹기 안에 깃든 삶을 되새겨본다.

꽃들아. 내 주문을 전해주려는 듯 바람이 뺨을 스쳐 지나간다.

서생포 왜성 아래 있는 진하해수욕장(울산 울주군 서생면 진하리)에서 푸른 하늘과 어우러진 백색의 명선교(진하와 강양을 연결하는 화합의 다리)를 구경한 후 외고산 옹기마을로 향한다. 외고산 옹기 마을(울산광역시 울주군 온양읍 외고산)은 1950년대 경북 영덕에서 옹기점을 하던 허덕만 씨가 칸 가마를 개발하여 교통 편리하고 토질과 입지 조건 좋은 외고산에 자리 잡은 것이 시초가 되었다고 한다. 지금은 옹기가마 9기가 남아 있고 도공 40여 명이 옹기업에 종사하고 있다. 옹기마을 내에는 옹기의 제작 과정과 쓰임새를 배우고 체험할 수 있는 옹기아카데미관, 한국의 아름다운 옹기 역사를 보여주는 옹기문화관, 편안한 휴식과 전시장으로 활용되고 있는 옹기마을공원지구 등이 있다.

높낮이를 달리한 작달막한 키의 나무 기둥 위에 구멍 숭숭 뚫린 옹기가 일렬로 길게 앉아 있다. 전시품인 줄 알고 무심코 지나쳤는데 자세히 보니 가로등이다. 과연 옹기촌답다. 엄청난 크기의 시루를 상징물로 세운 옹기문화관 앞뜰에 지게 가득 옹기를 싣고 서 있는 상투 튼 남정네의 형상이 눈에 들어온다. 옹기를 팔러 시장으로 가기 위해 금세 발걸음을 뗄 것 같다. 전시관 내에는 기네스 세계기록 인증을 받은 높이 2.2미터 둘레 5.2미터 무게 172킬로그램의 '세계 최대 옹기'와 아이나 어른의 관으로 쓰였던 크고 작은 옹관, 칠보단장 고운 아프리카 옹기를 비롯해 세계 여러 나라의 그릇이 진열되어 있다. 무심히 봐왔던 옹기의 문양에도 역사, 시대적 상황, 개인의 삶이 연관되어 있다고 한다. 박해를 피해 산속으로 들어간 천주교인들이 즐겨 그린 십자가, 물고기, 하트 등의 문양, 나라와 가정의 태평성대를 기원하기 위해 그린 봉황문과 일월오악도, 남아선호 사상에 의해 그려진 남자의 성기, 또 도깨비의 힘을 빌려 재앙을 물리치기 위한 도깨비문 등이 그것이다.

높이 쌓인 독특한 모양과 문양의 옹기들이 탑이나 조각품처럼 보인다. 모양을 만들고 말리는 순서를 거쳐 굽기까지의 지난한 과정과 흙, 물, 바람, 불의 조화 속에 만들어지는 옹기 안에 깃든 삶을 되새겨본다.

옹기는 가마 안에 들어가 구워질 때 나무가 타면서 검댕이 생기는데 그것이 옹기의 안과 밖을 휘감으면서 방부성 물질을 입힌다고 한다. 검은 연기에 안과 밖을 그을린 옹기라야 비로소 생명의 옹기로 탄생하는 것이다.

지난날 메야에 앉아 있던 친구와 나는 검댕 하나 그을려지지 않은 빛깔만 고운 옹기였다. 그녀와 나의 안과 밖을 그을리며 버겁게 하는 지금의 검댕은 탄탄하고 아름다운 삶을 만들기 위한 과정이라 믿는다. 검은 연기에 그을리고 휩싸이는 고단한 시간을 지나 언젠가 저 차지게 빚어진 옹기처럼 빛을 내는 언젠가 그날이 오면 친구야, 그때 또 새로운 우리의 노래를 듣자꾸나. 저기 멀리 가마 굴뚝에서 토해내는 연기가 석양에 섞여들고 있구나. 또 하나의 삶이 구워지고 있구나.

# 20억 년의 사랑

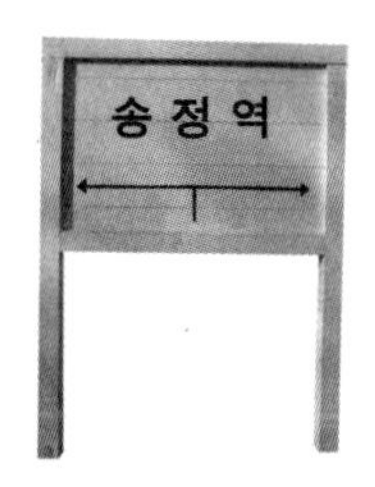


"브라자 하지 마라."

전화기에서 흘러나오는 느닷없는 말에 나는 얼른 주위부터 살핀다. "그거 안 좋단다. 잠잘 때는 특히나 벗고 자라." 수시로 나의 안부를 묻는 어머니의 전화. 이번에는 속옷 착용이 몸에 좋지 않으니 되도록 벗고 다니란다. 몸매 바로잡자고 입는 것이 오히려 몸을 망친단다. 바쁜 일로 마음은 급한데 불필요한 전화를 하셨구나 하는 오만방자한 생각에 다소 퉁명스럽게 전화를 끊는다. 불편한 마음이 체증처럼 내내 가시지 않는다.

이혼한 부모에 대한 반항으로 어머니의 속을 까맣게 태우던 딸이 있었다. 딸의 반항기는 갈수록 심해져갔지만 좋지 못한 환경을 제공한 데 대한 죄책감 때문에 어머니는 말없이 딸을 지켜봤다. 그런 어머니에게 딸은 이제 자신을 포기하라고 말했다. 며칠 후 딸이 집에 돌아와 보니 화장대 위에 조그만 선물 상자가 있었다. 그날은 그녀의 생일이었다. 상자 안에는 동그란 돌멩이 하나와 편지가 들어 있었다. 편지에는 이렇게 씌어 있었다. “이 돌의 나이는 20억 년이란다. 이 돌의 나이만큼 세월이 흐른 뒤라면 너를 포기하련다.”

‘20억 년의 사랑’ 이란 표제에 홀려 읽었던 글이 자식 걱정에 하루도 청명한 날 없는 나의 어머니 모습과 겹쳐 떠오른 건 끝 모르게 펼쳐진 바닷길과 방파제 끝에 마주 선 빨강과 하얀 등대를 바라보면서 동해남부선 송정역을 찾아가는 길에서였다. 무한히 넓은 바다의 품과 언제나 그 자리에서 배의 길잡이 역할을 하는 등대를 보며 ‘20억 년의 사랑’ 을 간직하고 있는 세상의 어머니들을 생각한다.

송정 바닷가, 예쁘장한 커피전문점과 횟집, 현대식 모텔 건물 뒤로 들어서면 장난감처럼 키 낮은 옛집들이 좁은 길을 따라 엎드려 있는, 전혀 다른 세상이 펼쳐진다. 80년대를 재현해놓은 영화 세트장 같기도 한 골목이 정겹게 느껴진다. 시멘트가 군데군데 파인 도로와 오래된 집들의 빛바랜 벽이 끝나는 그곳에 몸체 자그마한 송정역이 숨어 있다. 아니 숨어 있는 게 아니라 도회지로 떠난 자식을 해 넘어가도록 기다리는 어머니의 뒷모습처럼, 쉽게 돌아서지 않을 단호한 자세로 서 있다.

1934년 12월 16일 역원무배치 간이역으로 영업을 시작한 송정역(해운대구 송정동 299-2)은 1941년 6월 1일 역사가 지어지면서

녹색 지붕 아래 반달 모양 역명판과
새의 부리처럼 튀어나온 출입문 위의
차양을 갖춘 역사가 앙증맞다.

보통역으로 승격되었다. 역명은 송정의 지역명에서 유래되었는데 송정(松亭)이라는 지명은 이곳 토박이인 광주 노 씨의 선조가 소나무 숲이 울창한 언덕에 정자를 지은 데서 붙여졌다고 한다. 녹색 지붕 아래 반달 모양 역명판과 새의 부리처럼 튀어나온 출입문 위의 차양을 갖춘 역사가 앙증맞다. 휴가철이면 역사(驛舍)만큼이나 아담하고 포근한 송정바닷가로 몰려드는 피서 인파 때문에 임시 열차가 편성될 정도로 북적였던 대합실은 찬 계절 탓에 텅 비어 스산하다. 출입문 높이의 벽에는 여러 가지 모습의 기차 사진들이 걸려 있다. 액자 속 퇴색한 사진과 매표소 옆으로 나란히 늘어선 분재 화분들로 대합실 안이 고풍스럽다고 느끼는 순간 곧 기차가 들어온다는 안내 방송에 플랫폼으로 몸을 돌린다.

승강장에 늘어선 높다란 가로등, 그 아래 올망졸망 키 작은 나무 몇 그루, 또 키 큰 가로등…. 두 개의 철길 사이로 가로등과 나무가 질서정연하게 배열된 역에 기적소리와 함께 부전발 화물 열차가 들어온다. 역을 가로막고 멈춰 선 기차는 웬일인지 한참이 지나도 떠날 생각을 않는다. 그 사이 기관사는 기차에서 내려 역사 안을 몇 번 왔다 갔다 하고 이런저런 사정을 알 길 없는 나는 그 사정이 궁금하기 짝이 없다. 한참 후에 울산발 선행 열차를 비켜주기 위해 기다리는 중이라는 걸 알게 된다. 두 개의 선로가 단선으로 모아지는 지점을 기차와 나란히 바라보며 서 있던 나는 기둥과 기둥 사이를 연결하는 아치 형태의 철제가 미려한 곡선의 문양으로 장식되어 역사의 부속 건물로 남아 있는 창고로 눈길을 돌린다. 군데군데 녹이 슬고 먼지가 덮였지만 형태는 옛 모습을 그대로 간직하고 있다. 맺어지지 않은 동그라미와 크고 작은 S자 모양의 철제가 연결되어 있는 아름다운 문양의 이 창고는 그 당시 전형적인 건축 양식을 엿볼 수 있는 귀중한 자료로 인정되어 송정역사와 함께 2006년, 등록문화재 제302호로 지정되었다.

현재 송정삼거리 남쪽에 위치해 있는 송정역은 2015년 복선전철화 공사가 완료되면 송정삼거리 북쪽의 정류소 부근으로 이설되어 새롭게 영업을 개시할 예정이라고 한다. 등록문화재인 현재의 역사와 부속 창고 건물은 그대로 남아 송정역에 추억의 편린을 쌓아둔 이들을 위무할 것이다.

기차를 기다리는 먼지 앉은 화물 열차 위에 지루함이 눈처럼 쌓인다. 오지 않는 너를 기다리며 마침내 너에게 간다는 황지우의 시처럼 기차가 들어설 지점으로 열차가 올 시간보다 먼저 나의 눈이 앞서 달려간다. 순간 눈이 머문 그 지점에 태극 문양처럼 빨강과 파랑이 조화로운 기차의 앞부분이 들어서고 있다. 반가운 마음도 잠시, 긴 시간 기다린 열차를 스쳐 과녁을 향해 쏘아진 활처럼 사라지는 울산발 무궁화호. 뒤이어 붙박인 것처럼 비켜서 있던 부전발 화물 열차도 아무렇지 않은 듯 역을 빠져나가고 한차례 부는 바람이 멍멍한 내 정신을 깨운다.

끝이 보이지 않는 철길을 바라보다 오랜 시간 기다리던 화물 열차의 인내를 떠올린다. 내게 길을 비켜주기 위해 오래도록 기다려주었던 내 인생의 화물 열차들은 무엇이었나, 또 누구였

맺어지지 않은 동그라미와
크고 작은 S자 모양의 철제가
연결되어 있는 아름다운 문양의 창고는
그 당시 전형적인 건축 양식을
엿볼 수 있는 귀중한 자료이다.

을까. 깨닫지 못한 사이 그것은, 그들은 묵묵히 지나치는 나를 바라보았겠지. 나의 어머니 역시 그런 화물열차와 같은 존재인 것을…. 잠시 잊었던 체증처럼 묵지근한 가슴 통증이 다시 일어난다.

불빛 휘황하고 화려한 여타의 해수욕장에 비해 송정해수욕장(부산 해운대구 송정동 712-2)은 소박하고 정겨운 이미지를 간직하고 있다. 지난여름, 무더운 태양 아래 원색의 파라솔이 꽃을 피우고 젊음의 싱그러운 육체들이 발 디딜 틈 없이 몰려들던 이곳, 이제 그들의 모습은 간 데 없고 갈매기들만 무리 지어 계절을 날고 있다. 백사장을 에둘러 예전 대나무가 많아 죽도라는 이름을 갖게 됐다는 공원으로 향한다. 작은 동산 같은 이곳에는 이제 소나무가 우거져 있을 뿐 대나무는 보이지 않는다. 본질은 사라지고 이름만 남은 곳이 어디 이곳뿐이랴. 공원으로 오르는 산책길은 제법 운치가 있다. 오른편으로 내려다본 바닷가에 둥근 등을 양손에 쥔 것 같은 가로등이 태양빛을 등지고 서 있고 그 앞으로 이쪽과 저쪽을 잇는 다리인 양 금빛으로 찰랑이는 윤슬이 펼쳐져 있다. 그 빛 한줄기 커다란 나무와 나무 틈새로 빠져나와 또 하나의 신비한 풍경을 그려놓는다.

경치가 아름다워 시인 · 묵객의 발길이 끊이지 않았다는 비석이 서 있는 정상의 또 다른 길 아래 송일정이 보인다. 알게 모르게 봄이 오긴 오는가. 정자로 내려가는 길 곁에 붉은빛의 동백이 이제 막 꽃봉오리를 터트리고 태양빛 받은 잎사귀가 반들반들 윤이 난다. 바다 쪽으로 혀처럼 길게 뻗은 석축 끝에 세워진 팔각지붕의 정자에서 두세 사람이 바다 풍경을 조망하고 있다. 망망하게 펼쳐진 바다 위에 던져진 그들의 시선을 따라 나 역시 바다 위로 눈길을 보낸다. 두세 척의 배가 지나고 있을 뿐, 바다는 바람에도 미동 없이 잔잔하기만 하다.

날씨가 청명할 때면 이곳에서도 대마도가 보인다고 한다. 날씨는 흐리고 대마도는 보이질 않는다. 수평선 위로 큰 배들이 그림처럼 정지해 있을 뿐이다. 부산의 수평선 부근에서 보인다는 대마도는 실제로 보이는 것이 아니라 빛의 굴절 현상이 빚은 신기루일 가능성이 높다고 한다. 대마도까지의 거리가 65킬로미터인데, 이 정도 거리에서 사물을 본다는 것은 인간 시력의 한계를 넘어서는 일이라고 한다. 또한 구형인 지구의 특성상 대마도 해안선 전체를 본다는 것은 불가능하다고 한다. 우리가 보고 있다고 믿는 것들, 그래서 우리가 잘 알고 있다고 믿는 것들, 그것들도 실은 실물이나 진실이 아닌 신기루는 아닐지….

송일정을 벗어나 무심히 내려다본 바다에 역광을 받아 실루엣으로 어른거리는 사람들이 보인다. 바다 쪽으로 불쑥 튀어나온 두 개의 커다란 바위와 멋진 조화를 이루고 있는 그들에게서 한동안 눈길이 머문다. 검은 바위 위에 그들의 모습이 겹칠 때는 실루엣마저 신기루처럼 사라지고 온통 사위가 까맣다.

누구를 기다리는지 내내 꼼짝 않고 송일정 옆의 의자에 앉아 바다를 하염없이 바라보고 있는 초로의 여인을 뒤로하고 돌아 나오는 길, 등대 옆의 방파제에서 강태공들은 낚싯대를 드리우고 고기를 낚고 나는 카메라로 그들을 낚는다.

죽도공원의 숲길을 벗어나자 해수욕장 전체가 한눈에 들어온다. 바람이 물결 위에 그려놓은 커다란 원 둘레를 따라 소담스럽게 백사장이 펼쳐져 있다. 바다를 감싼 원만하고 따뜻하게 느껴지는 겨울 백사장이 문득 안온한 어머니의 자궁을 닮았다는 생각이 든다. 그러나 그것은 실루엣이나 신기루 같은 존재가 아닐까. 신비하고 그리운 대상으로 마음속에 남아 있는…. 살과 피를 나누어 받았으나 이제 다시 돌아갈 수 없는 곳. 세상의 모든 어머니들만이 수십억 년의 사랑으로 자식이 언제라도 돌아오길 바라는 곳. 하염없이 비켜서서 기다리는 그곳.

해 맑은 날 신기루처럼 나타난다는 대마도. 이제 내 어머니에게도 그런 신기루 나타나는 청명한 날이 많아지길 기원해본다. 대마도 땅덩이처럼 큼지막한 기쁨만 생기길 바라본다.

매순간 부딪치고 깎인 상처를 싸매줄 다정한 손이 있다는 것을 알기에, 길을 잃고 헤맬지라도 어디서나 환한 불 밝히고 길 안내할 등대 같은 길잡이가 대기하고 있음을 믿기에 팍팍한 삶도 허망하게 느껴지지 않는 것이리라. 항상 공기처럼 내 곁에 머물면서 수십억 년의 변치 않을 사랑으로 품어주는 나의 어머니를 생각하는 지금 이 시간, 추워도 춥지 않고 아파도 아프지 않다.

# 산다는 일, 그 생의 오브제들

감기인지 몸살인지 시름시름 앓았다. 몸이 아프니 생각이 없어져 좋았지만 아픔이 지나쳐 영원히 깨어나지 않아도 좋으니 그대로 잠이 들었으면 하는 마음도 들었다. 설핏 잠이 들었다가 눈을 떴는데 새벽 어슴푸레한 빛이 창을 색칠하고 있었다. 순간 통증이 가신 몸과 마음이 묘한 충만감에 젖어들었다.

기온도 낮고 바람 차가운 날, 하늘이 맑다. 아프고 난 후 느꼈던 그 기분이 호계역(울산광역시 북구 호계동 831-2)으로 가는 기차 안에서도 이어진다. 차창 밖 흰 구름 펼쳐진 하늘이 바다 같다. 파일럿이 비행 중 하늘과 바다를 구별 못해 바다로 추락하는 비행착각(vertigo)을 종종 일으킨다고 하는데, 영락없이 파도 노니는 바다가 펼쳐진 하늘에 나는 한동안 눈을 떼지 못한다.

마을 동쪽에 호랑이 모양을 한 봉우리와 시내가 흐르는 마을

호계(虎溪)에서 그 이름을 따왔다는 동해남부선 호계역(1922년 10월 25일 보통역으로 영업을 시작해 2005년 화물취급을 중단)에 도착하니 솔로몬이 성전을 지을 때 사용했다는 히말라야시다가 제일 먼저 눈에 띈다. 힘과 영광을 상징하는 나무답게 역사 앞에 우뚝 선 우람한 나무가 든든한 파수꾼처럼 느껴진다. 그 곁을 따라 늘어선 향나무는 마치 파인애플을 가로로 잘라 막대에 끼워 놓은 듯 손질되어 있다. 날 좀 보라는 듯 양팔을 옆으로 벌리고 늘어선 가로등을 일별하고 역사 안으로 발길을 돌린다. 매표소와 나란히 붙은 맞이방에서 기차를 기다리는 승객들은 텔레비전이 던지는 농담에 여유로운 웃음으로 답한다. 평화로운 정경이다. 호계역 근처 농소초등학교 출신의 최종두 시인이 지은 호계역이란 시가 맞이방 옆 벽에 붙어 있다. 호계역의 이태종 역장님에 의하면 매일 정오만 되면 이 시가 경쾌한 노래가 되어 역에 울려 퍼진다고 한다.

내 아장 걸음으로 빠져나가던
호계역을 지나면서
아련한 기억으로 돌아보는 세월은
추억이 아니네 추억이 아닌 전설뿐이네

그토록 타보고 싶던
칙칙폭폭 차

기적 속 흰 연기 위로 나타나는 희미한 얼굴
아무래도 몸을 떨게 하는 전설뿐이네

살아있을까
봉선화 물들인 내 색시는 살아있을까
아직도 내 아장 걸음 남아있는
호계리 호계역

–최종두, 「호계역」 전문

이제는 추억이 아닌 아무래도 몸을 떨게 하는 전설을 간직한 호계역에 기차가 들어와 또 하나의 설익은 전설을 부리고 있다.

80년대 후반까지 역에서 5~6킬로미터 떨어진 달천동에 대한 철강이 운영하는 광산이 있었는데 주로 철광석을 채굴해 전국으로 수송했기 때문에 화물역으로 호계역이 분주했었다고 한다. 그 당시 화물하치장으로 사용하던 곳이 지금은 공용주차장으로 탈바꿈했다고 한다. 화물역으로 북적이던 시절은 사라졌지만 하루 기차 운행 횟수 40회(무궁화호 30회, 새마을호 10회), 이용 승객 2천 명가량으로 호계역은 여전히 활기를 잃지 않고 있다. 주말이면 기차 이용 승객 수가 더 늘어난다고 한다. 꼭 권해주고 싶은 관광지로 강동 화암 주상절리를 누차 강조하시는 역장님이 호계역을 지키는 또 다른 파수꾼처럼 여겨진다. 이들의 마음이 소록소록 쌓여 기록되지 못한 추억도 전설로 남는 것이리라.

누적된 세월의 크기만큼
넓고 긴 그림자를 광장에 드리우고
우뚝 서서 전설을 지키는 파수꾼이
언제까지나 강건하기를 빌며 역을 벗어난다.

정자 놓인 역사 앞 광장의 나무로 눈길을 돌린다. 누적된 세월의 크기만큼 넓고 긴 그림자를 광장에 드리우고 우뚝 서서 전설을 지키는 파수꾼이 언제까지나 강건하기를 빌며 역을 벗어난다.

마침 호계상설시장이 열리는 날이라 역사 앞의 도로는 자동차와 사람들로 번잡하다. 길을 건너 올망졸망 늘어선 기차여행, 귀향다방, 아방궁 상가를 지나니 꿍짝꿍짝하는 음악소리가 먼저 달려 나와 장터 찾은 손님을 맞는다.

물에서 방금 건진 듯한 바다 향 진한 물미역, 오이, 호박, 버섯의 싱싱함과 붉은 사과, 노란 바나나, 다홍색 귤, 키위의 멋진 색감이 왁자한 시장에 덧입혀지고 막 만든 손두부에서 모락모락 올라오는 김이 시장의 생기를 더한다. 미역 파는 아저씨가 카메라를 바라보며 나 이삐게 나오요? 하고 묻는다. 더없이 정겨운 음성이다.

건너편에서는 까만 봉투를 양쪽에서 붙들고 한동안 실랑이를 하던 손님이 결국 손을 놔버리자 상인이 멋쩍게 '에잇' 하며 콩나물 한 줌을 봉투에 더 넣는다. 주고받는 봉투 안에 두 아주머니의 웃음까지 덤으로 담긴다.

웃음 뒤를 이어 어디선가 들려오는 노랫가락. ♬날 찾아오신 내 님 어서 오세요. 당신을 기다렸어요. 라이라이야~ 어서오세요~ 당신의 꽃이 될래요. 높게 단을 올리고 진열된 물건들 밑으로 땅에 엎드려 좌판을 밀고 가는 다리 없는 아저씨가 보인다. 모진 삶이지만 어서 오라고, 기다렸다고, 꽃이 되도록 노력하겠다고 말하는 것 같다. 가시덤불 속에서 꽃을 찾을 때 가시에 찔리더라도 손을 거두지 않으리라고 노래한 조르주 상드의 시처럼, 삶이 그대를 속이고 노하게 할지라도 노여워하거나 성내지 말라는 푸쉬킨의 시처럼, 우리 앞에 펼쳐진 삶에 찔리고 피가 날지라도 쉽사리 손을 거두고 성내며 돌아설 수 없는 우리네 생. 달리 꽃이 있겠는가. 묵묵히 내 삶의 무게를 밀고 가는 그 모습이 꽃이고 진실한 삶의 오브제가 아니겠는가.

찬바람 속에 뻥튀기 아저씨의 손놀림이 바쁘고 볕 좋은 한쪽에 자리 잡은 손수레엔 아가들 옷이 조랑조랑 걸려 있다. 뻥튀기처럼 훌쩍 커져서 생각 없이 지나온 시간들. 옛날 과자 한 줌 집어먹고, 저기 걸린 아가 옷을 내려 입고 그 시절로 한번쯤 돌아갈 수는 없는 걸까. 창피한 줄 모르고 엄마 앞에 다리 뻗고 앉아 엉엉 울던 그때 그 시절로…. 소설의 해피엔딩처럼 시장을 벗어나는 차도에 '행복한 밥집' 이란 상호가 보인다.

하루에 상반된 영화 두 편을 보는 것처럼, 다른 이야기 책 두 권을 읽는 것처럼 시장과 멀지 않은 곳에 자리한 창평동 지석묘군(시도기념물 제31호 울산광역시 북구 창평동 167, 산 45-2)을 찾아간다. 우리가 흔히 알고 있는 받침대를 높이 세운 고인돌이 아닌 울산지역의 고인돌은 땅속에 돌방을 만들고 작은 받침돌을 세운 뒤 그 위에 덮개돌을 올린 바둑판식과 개석식이라고 한다.

수건을 머리에 두르고 열심히 밭을 매고 있는 아주머니에게 지석묘의 위치를 물으니 바로 뒤편을 돌아보며 옆집 강아지 가리키

듯 저거 아니여? 하신다. 청동기시대의 대표적인 무덤양식, 300여 미터 떨어진 구릉에 1기(基)가 더 있다는 안내판에서 눈을 떼자 멀리 고인돌 앞으로 잘 꾸며놓은 무덤 세 기가 보이고 그 옆으로 지석묘의 위치를 가르쳐주신 아주머니가 여전히 밭을 매고 있다. 생과 사의 모습이 삼각 꼭지점을 그리며 마치 그림처럼 절묘하게 눈앞에 펼쳐져 있다.

구릉에 있다는 지석묘를 찾기 위해 구불구불 기찻길처럼 느리게 펼쳐진 마을길을 따라간다. 꼭꼭 숨은 듯 찾기가 쉽지 않다. 댓잎이 양 갈래로 갈라진 길을 지나니 잡풀 우거진 밭 위에 촘촘하게 싸리비처럼 생긴 나무가 심어져 있다. 하늘과 땅의 경계를 갈라놓은 듯한 정경에 사위가 조용하다. 키 큰 억새와 지푸라기가 온통 뒤덮인 논밭과 드문드문 보이는 몇 채의 집이 정말 청동기시대 촌락 같다. 300미터라고 보기엔 너무 멀리 지나쳐 왔다고 느낀 순간 눈앞에 자그마한 저수지가 나타난다. 순간 애타게 찾던 지석묘는 까맣게 잊어버리고 한동안 저수지에 넋을 놓고 시간을 보낸다. 고개 들어 동네 쪽을 바라보니 댓잎 사이로 지는 태양이 걸려 있다. 지나온 길을 다시 내려와 동네 구멍가게에서 얻은 정보로 억새 속에 숨은 지석묘 1기(基)를 발견한다. 그 살아온 내력이 지난했거나 소풍 왔다 간 것처럼 잘살다 갔거나 상관없이, 변치 않는 커다란 돌덩이로 살아온 삶의 흔적을 남기고 싶어 했던, 풀 속에 파묻힌 누군가의 소망을 생각하며 자꾸 걸어도 싫증나지 않는 구불구불한 시골길을 따라 집으로 가는 길. 지팡이 짚

하늘과 땅을 가르는
그 지점에 서 있는 나무들.
예리한 생의 잣대처럼.

은 할머니 두 분의 모습과 석양에 새까맣게 무리지어 날고 있는 까마귀들의 행렬을 번갈아 바라본다.

삶과 죽음, 고통과 환희, 과거와 현재가 정교하게 엮여 추억이 되고 종국에는 전설이 되는 우리네 생. 애착 없는 삶은 아름답지 않다. 아프고 난 후 느꼈던 그 알 수 없는 충만감은, 또 바다인지 하늘인지 구분하기 어려운 아름다운 정경을 보며 느꼈던 환희는, 모락모락 김 오른 뜨거움으로 부딪치며 사는 시장에서 느꼈던 생동감은 면면히 이어지고 있는 우리네 삶에 대한 흡족한 행복감이 아니겠는가. 고가에 경매된 예술 작품처럼 귀중한 생의 시간이 수없이 내걸린 풍경을 따라 달려온 기차가 역에 멈춰 선다. 노을 지는 플랫폼에서 승객을 기다리는 기차와 그 사이를 총총히 오가는 이들 사이로 감빛 석양이 지고 있다.

# 젊음은 오래 거기 남아 있어라

♬ 언젠간 가겠지. 푸르른 이 청춘 지고 또 피는 꽃잎처럼. 달 밝은 밤이면 창가에 흐르는 내 젊은 연가가 구슬퍼. 가고 없는 날들을 잡으려 잡으려 빈 손짓에 슬퍼지면 차라리 보내야지 돌아서야지. 그렇게 세월은 가는 거야. 날 버리고 간 님은 용서하겠지만 날 버리고 가는 세월이야. 정 둘 곳 없어라, 허전한 마음은 정답던 옛 동산 찾는 것.

산울림의 노래 「청춘」의 가사다. 미술작가 배영환은 알약과 찌그러진 병뚜껑을 이용해 이 노래 가사를 흰 캔버스에 본드로 붙이고 그 위에 옥도정기를 칠해 마치 피 흘리는 듯한 청춘의 아픔을 표현했다.

노래 뒤를 이어 자연스럽게 「청춘」이란 이 작품이 떠오른 건

경주역사와 플랫폼에서 바라본 철로.
역사의 지붕은 전통적인 기와지붕 형태이다.
용머리 양쪽의 망새에 귀여운
두 개의 뿔이 나 있어 인상적이다.

경주역사에서 플랫폼으로 가는 지하도 입구
연두색 펜스 위에 소망이 흩어지지 말라고
자물쇠로 꼭 채운 사연이 주렁주렁 달려 있다.
'앞으로 우리에겐 행복한 일만 있을 거야.'

인화(人花) 가득한 경주역(경상북도 경주시 성동동에 위치한 경주역은 동해남부선의 중간역으로 1918년 11월 1일 영업을 시작했으며 중앙선의 종착역이기도 하다. 동해남부선 복선공사가 완료되면 신경주역과 통합되어 역사가 철거될 예정이라고 한다)에서였다. 인근 대학의 입학식에 참석했던 학생들과 여행을 하는 듯 보이는 대학생들이 적지 않다. 관광객이 많은 역의 특성상 역사 오른편에 아직 완성되지는 않았지만 포토존이 꾸며져 있다. 역사의 지붕은 전통적인 기와지붕 형태이다. 용머리 양쪽의 망새에 귀여운 두 개의 뿔이 나 있어 인상적이다. 역사 왼쪽에 마련된 공연장 앞에서는 스마트폰의 음악에 맞춰 몇 명의 학생들이 춤을 추고 있다. 날렵한 몸놀림과 천진하게 웃고 있는 모습들이 싱싱함 폴폴 넘치는 봄꽃처럼 보인다. 지나간 내 청춘의 시간들도 저토록 푸르고 생생했던가. 가는 길마다 공사 중이고 가능성의 문이 도무지 열릴 것 같지 않던, 천년 같은 하루하루로 기억되는 시절인데…. 신라 천년고도의 고풍스런 역사(驛舍)와 최신 기계에서 흘러나오는 노래에 맞춰 춤을 추는 그들이 묘한 조화를 이루고 있다.

역사 안의 매표소 앞에 설치된 의자와 맞이방에도 사람들로 북적이기는 마찬가지. 관광안내소와 경주의 유명한 황남빵을 파는 공간도 있다. 관광도시답다.

플랫폼으로 나가는 출입구의 문을 열자 '경주역 사랑의 자물쇠'가 먼저 눈에 들어온다. 승강장으로 가는 지하도 위에 경주시의 캐릭터인 왕과 여왕이 윙크를 하며 입김으로 하트를 보내고 있고, 그 양편으로 '추억도 남기고' '사랑도 이루고' 라는 문구가 보인다. 연두색 펜스 위에 소망이 흩어지지 말라고 자물쇠로 꼭 채운 사연이 주렁주렁 달려 있다. '앞으로 우리에겐 행복한 일만 있을 거야.' 예쁜 이름의 주인공이 남긴 소망을 읽으며 내 입가에 미소가 번진다.

왼편으로는 우리나라에서 가장 오래된 토종개로 신라시대부터 이 지역에서 길렀다는 '경주개 동경이' 가 두 마리 산다. 사육장 안에 동경이의 상징인 듯 꼬리가 짧거나 없는 개 두 마리의 형태를 빚은 토기도 보인다. 경주개의 외형적 특징과는 거리가 먼 꼬리 있는 한 마리를 의심스럽게 바라보는데 미상불 그것 때문에 혈통을 의심받고 있는 한 마리는 곧 흑견으로 교체할 예정이라고 한다. 꼬리 없는 애들은 반가움의 표시를 어떻게 하지, 라는 엉뚱한 생각도 잠시 해본다.

두 개의 등을 매단 가로등과 철길 또 그 곁의 나무들, 온통 낙엽 빛깔로 채색된 플랫폼 풍경 속에 유독 경주역이란 파란색 역명판이 도드라져 보인다. 철로를 양편에 둔 승하차장의 촘촘하게 늘어선 기둥은 천장과 맞닿은 부분이 붉은색 전통문양으로 장식되어 있다. 마치 청사초롱이 매달린 듯하다. 기차를 기다리며 그 등불 아래 군데군데 무리지어 서 있는 학생들의 재잘거림과 웃음소리는 선로에 뒹굴고 어깨에 멘 가방이 그들의 소망만큼이나 부풀어 있다. 저들의 소망이 스스로에게 짐이 되지 않기를, 설혹 그 소망이 어깨를 누르는 짐이 되어 버겁더라도 가볍게 내려놓지 말기를, 그리하여 세상의 거센 물결에 휩쓸리지 않게 해주는 버팀목이라는 것을 깨닫기를, 귀중한 소망 담긴 그 가방을 영원히 잃어버리지 말기를 빌어본다. 멀리서 환한 불을 밝히고 들어온 기차 타고 젊은 웃음이 사라진 경주역 플랫폼에 정적이 감돈다.

기차역에 갤러리가 있다는 이야기를 처음 듣는다. 신라 천년 고도의 역사를 지닌 고장답게 경주역 역시 다른 역에서는 볼 수 없는 것들이 많다. 친절하게 안내해주시는 허남태 부역장님을 따라 갤러리로 향한다. '詩 · 畵 · 音 · 香 · 古'의 갤러리 이름처럼 문을 밀고 들어가자 묵향이 먼저 객을 반긴다. 간이역과 관련된 시와 목판에 새긴 그림과 글, 옛날 물건 등이 진열되어 있다. 특별히 12가지 띠를 상징하는 동물이 새겨진 먹이 눈에 띄는데, 먹 만드는 일에 평생을 종사한 유병조 선생(무형문화재 제35호)이 기증했다고 한다. 유리 액자 안에 가지런하게 정렬되어 있는 모양이 정갈한 글씨체를 보는 듯하다. 조용히 시선을 거두고 밖으로 나오는데 출입문 유리에 윤동주의 시가 쓰여 있다.

> 오늘도 기차는 몇 번이나 무의미하게 지나가고
> 오늘도 나는 누구를 기다려 정거장 가차운 언덕에서 서성거릴 게다

가던 길을 멈추고 「사랑스런 추억」을 읊조린다. '아아 젊음은

봄이 오던 아침,
서울 어느 조그만 정거장에서
희망과 사랑처럼 기차를 기다려,
나는 플랫폼에 간신한 그림자를 떨어뜨리고,
담배를 피웠다.

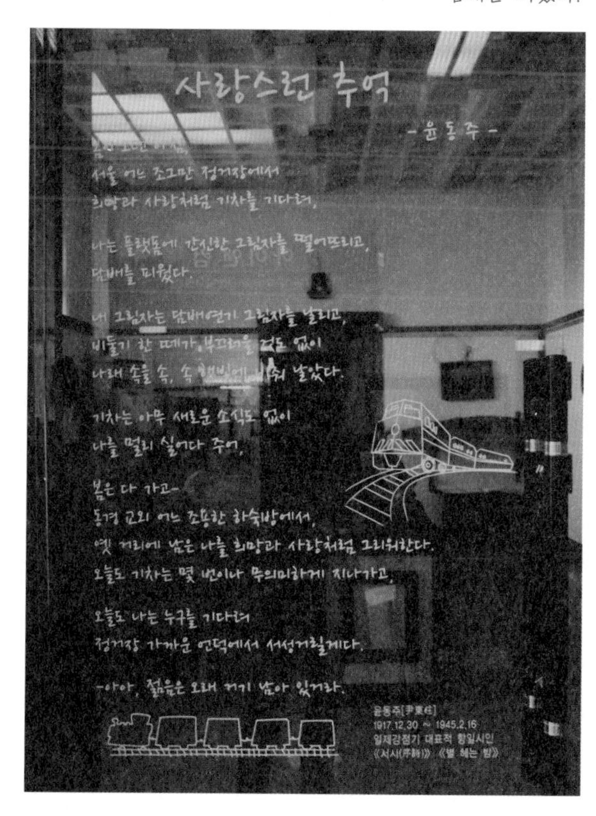

오래 거기 남아 있거라.' 마지막 구절이 내 뒤를 줄곧 따라온다.

경주역사에서 몇 걸음 떨어진 곳에 (사)신라만파식적보존회 사무실이 있다. 작년에 경주시 주최 (사)신라만파식적보존회 주관으로 "2011 경주세계피리축제 '만파식적' 행사"가 열렸고 지금은 세계의 각종 악기들이 전시되어 있다. 통일신라시대의 3대 현악기라고 일컬어지는 가야금, 거문고, 향비파의 모습도 볼 수 있다. 나라의 온갖 근심과 재앙을 물리쳐주었다는 만파식적을 불면 홍수 때는 비가 그치고, 가뭄에는 비가 오고 죽어가던 병도 완치되고 거세던 바람과 파도 역시 숨을 죽이고 적병도 물러갔다 한다. 이처럼 갖은 재난과 풍파를 잠재우는 피리라 해서 만파식적이라 불렀다고 한다. 지금은 모형으로만 남아 있는 신비한 이 피리는 어디로 사라져버린 것일까. 행여 피리를 찾으면 한시도 조용할 날 없는 이 나라의 우환도 잦아들 수 있을까. 하늘이 마음따라 그늘을 내리고 있다.

기와 모자를 쓴 돌담길을 걸어 첨성대와 둥그런 봉분들이 살아있는 여인의 몸 곡선처럼 느껴지는 대릉원을 둘러보고 안압지로 향한다.

경주 임해전지(사적 제18호)는 통일신라시대 별궁 안에 있던 것으로 그 안에 임해전을 비롯해 여러 부속 건물이 있었다고 한다. 신라 문무왕 14년에 만든 못의 원래 이름은 월지(月池)였는데 폐허가 된 이곳에 기러기와 오리가 날아들어 안압지라는 이름을 얻게 되었다고 한다. 안으로 들어가자 크기가 다른 건물 3

개동이 먼저 눈 안에 들어온다. 연못 서쪽의 5개 건물터 중 1, 3, 5건물 3개동을 복원해놓은 것이다. 방학을 맞아 여행 온 학생들로 보이는 무리가 제1건물 근처에서 웅성거린다. 그들을 피해 건물의 난간 위로 올라서자 오른쪽으로 수려한 외모를 자랑하는 소나무가 보인다. 세월을 먹고 자란 가지가 굵어져 다른 가지를 뻗고 또 가지를 뻗어 찬 계절에도 푸른 잎을 무성하게 품고 있는 나무의 저력에 경외심마저 인다. 건너편 작은 동산에 심어진 나무와 물속에 잠긴 그림자는 만나지 못해 안타까워하는 연인처럼 서로를 하염없이 바라보고 있다. 바람이 시샘하는지 물결을 일으켜 물속 나무 형태를 일그러뜨리고 그 사이 공간에 새 몇 마리가 날아든다.

나는 무채색의 겨울, 자연이 그리는 수묵화를 한동안 넋 놓고 바라보다 재잘거리며 장난하는 학생들의 뒤를 따라 숲길로 향한다. 제1건물에서 봤던 멋진 풍채의 소나무 곁을 지나게 되자 저절로 눈길이 간다. 뒤에서 보니 큰 줄기 쪽에 막대 두 개를 받쳐 옆으로 휘는 나무를 지탱해놓았다. 지팡이를 짚은 듯한 나무의 묵직한 세월이 피부로 와 닿는다. 순간 앞서 걷던 학생들이 소란스럽다. 장난치며 걷던 학생 몇이 돌부리에 걸려 두세 명이 넘어지고 그 와중에 카메라가 깨진 듯하다. 걱정하는 친구들을 뒤로하고 넘어졌던 학생이 벌떡 일어나 앞으로 달려간다. 나는 학생들과 소나무를 번갈아 쳐다보다 잠시 소나무 곁에 앉는다.

수려한 앞모습과 달리 뒤쪽은 굽고 휘고 접힌 부분이 겹쳐 있

'오늘도 나는 누구를 기다려
정거장 가차운 언덕에서 서성거릴 게다.
아아, 젊음은 오래 거기 남아 있거라.'

어 언젠가 보았던 등신불의 표정처럼 일그러져 보이는 소나무. 보이지 않는 세월이 보이는 부분의 수려함을 키웠던 것을….

먼지 날리고 공사 중인 험한 길을 헤치고 묵묵히 걸었던 지난날의 시간들이 생을 견디는 지혜를 주었던 것을…. 많이 부딪치고 깨어져 아파한 청춘 덕에 실팍한 마음결을 지니게 된 것을….

조붓한 산책길로 접어든 학생들의 모습이 나무들 사이로 언뜻언뜻 보인다. 가보지 않은 길에 대한 설렘과 기대로 한껏 부풀어 있을 그들. 일그러진 뒷모습으로 견딘 시간이 수려한 풍모를 자랑하는 소나무를 키웠듯 그렇게 넘어지고 깨어진 오늘이 단단하고 알찬 내일의 나를 만들 것이니 상처 잊고 앞서 달려나가던 그 아름다운 용기를 오래도록 잊지 말라고 마음속으로 그들을 응원한다.

기차가 들어온다는 역의 안내 방송이 이곳까지 울린다. 나는 몸을 일으킨다. 건너편에서 들리는 학생들의 웃음소리가 기차소리를 덮을 듯 울려 퍼진다. 나는 조용히 기차역에서 봤던 시를 읊조리며 발걸음을 뗀다.

'오늘도 나는 누구를 기다려 정거장 가차운 언덕에서 서성거릴 게다. 아아, 젊음은 오래 거기 남아 있거라.'

# 먼 곳에서 빛나는 등불처럼

얼마 전 가르치던 학생 하나가 가출을 한다고 말했다. 나는 애써 태연한 척 "그래, 그것도 좋은 경험이 될 거야." 하고 말했다. 시큰둥한 내 반응에 다소 실망한 듯한 표정의 그 애에게 이틀 후 선물을 했다. 포장을 풀어보던 아이가 날 보며 피식거리고 웃었다. 선물은 발등 부분에 '집 나가면 개고생' 이라는 명언(?)이 쓰인 발목 양말이었다. 친구와 만난 자리에서 내가 들려준 이야기였다. 그렇게 웃으면서 시작된 대화가 이런저런 딱한 사연의 사람들 이야기로 번졌다. 그러다 음울한 자신의 과거를 고백하던 친구가 불현듯 말했다.

"모두들 사는 게 그런가, 니도 내도 불쌍타 아이가."

높은 빌딩 창가에 앉아 커피를 마시던 우리는 한동안 말없이 창밖을 바라봤다. 휘황한 불빛에 감긴 듯 서 있는 건물과 거리의 화려한 조명에 눈이 부셨다. 창을 통해 안의 사람들이 비쳐 보였다. 순간 그들이 허공 위에 앉아 있는 것처럼 보였고 금세 바닥으로 추락할 것처럼 위태롭게 여겨졌다.

위태로운 사람들을 보호하기 위해서일까, 하루 기차 이용 승객이 1700명~1800명가량 된다는 해운대역엔 '안전' 이라는 글자 띠를 가슴에 두른 공익근무요원이 유난히 많다. 사람들 사이로 오가던 그들의 발걸음과 눈길이 열차 들어오는 기척에 바빠진다. 앞모습이 돌고래를 닮은 새마을호 기차가 승강장으로 들어온다. 물결치는 파도 모양의 플랫폼 지붕 아래에서 서성이던 사람들이 고래 속으로 금세 사라진다. 선행 열차를 기다리기 위해 멈춰 선 기차를 향해 뒤늦게 도착한 승객 몇 명이 가쁜 숨을 몰아쉬며 뛰어온다. 예상치 못한 행운을 잡게 된 승객들 얼굴에 세상을 다 얻은 듯한 안도와 기쁨의 웃음이 번진다. 도열한 고층 건물을 지나고, 5월이면 라일락처럼 향기로운 향을 풍기며 지천으로 보라색 꽃이 핀다는 사슴뿔처럼 멋들어진 멀구슬나무를 지나고, 한 그루처럼 보이는 세 그루의 은행나무를 지나서 기차는 무심히 사라진다. 생각할 겨를 없이 공익근무요원이 활동을 재개한다. 남아 있는 사람들을 역사 안으로 들여보내고 승강장 쪽으로 나가지 못하도록 문을 닫는다. 그 문 바로 옆에 빨강, 파랑, 노랑 가지각색의 기차가 동그란 레일 위를 달려 우주까지 가고 있다. '해운대와 추억만들기' 라는 주제로 그린 초등학생들의 그림이다.

팔각정자 모양의 해운대역은 1934년 7월 16일 부산진~해운대

구간이 개통되면서 영업을 시작했다. 2002년 12월 2일 운행이 중지됐지만 한때는 동서 · 도시 통근열차가 운행되기도 했고 근처의 해수욕장을 비롯해 '누리마루 APEC하우스'가 있는 동백섬을 찾는 관광객으로 인해 승강 인원이 적지 않다.

부산진역, 부산신항과 더불어 콘테이너 화물만 취급하는 신선대역에 근무하다 2월 1일 이곳으로 오셨다는 김종영 역장님에 의하면 해운대역은 부산 사단본부 앞 신도시 상당초등학교 쪽으로 2013년 12월쯤 옮겨가고 지금의 역사는 철거될 예정이라고 한다. 공항이나 철도역은 가슴에 묘한 일렁임을 일게 한다며 호젓한 동해남부선의 추억을 떠올리는 역장님의 말씀 속에 내년 연말이면 사라질 청기와 해운대역에 대한 아쉬움도 끼어든다. 불현듯 역장님이 일어나 보관된 책자를 하나 들고 오시는데 종이끈으로 묶은 옛 책이다. 책 제목은『역사(驛史)』. 역의 이야기…. 아내와 딸이 죽을 때에도 시골 종착역을 지키며 평생 철도원으로 살아온 오토마츠, 그에게 찾아온 딸 유키코의 영혼, 이제 곧 폐선이 될 호로마이역을 배경으로 펼쳐졌던 가슴 짠한 아사다지로의 〈철도원〉이 떠오른다. 오토가 죽던 날 일지에 적었던 것처럼 저 책의 마지막 장엔 '이상 없음'이라는 글귀가 적혀 있지 않을까. 내용을 보기도 전에 갖가지 생각이 머릿속에서 똬리를 튼다. 책에는 옛 해운대 역사의 모습, 역사 주위의 정경, 역대 역장 명단, 근무하면서 느낀 소감, 승차 인원 등이 적혀 있다. 그야말로 해운대역의 역사(歷史)가 기록되어 있다. 지난 시간과 풍경 담긴 역사(驛

史)의 페이지를 한장 한장 넘기는 역장님의 손길 또한 역사(歷史)로 간직될 것이다.

아침부터 부슬거리던 비 탓인가 사위가 어둡다. 역 광장에 남성을 상징한다는 느티나무가 여러 그루 서 있다. 몸체를 두드려 보니 시멘트를 발라놓은 것처럼 딴딴하다. 튼튼한 남정네가 여럿 서 있는 해운대역사를 다시 올려다본다. 그러고 보니 팔각정의 모양이 남자들 모자 같기도 하다. 플랫폼 쪽의 커다란 멀구슬나무, 은행나무, 또 느티나무가 서 있는 해운대역은 아기자기한 정경의 여성스런 송정역에 비하면 정말 남성적인 역으로 느껴진다. 정자 옆의 촛불 모양 수목을 지나 잎이 무성한 커다란 나무 안에 살짝 들어가 본다. 우산 속에 들어온 느낌이다. 길 가는 아무나 붙들고 물어볼 수도 없고, 나무의 이름이 궁금하다.

동백섬으로 가기 위해 발걸음을 옮기는 찰나 지하도 옆의 특이한 가로등에 눈이 간다. 꼭대기에 갈매기가 한 마리 앉아 있고 춤사위를 펼치는 여인의 팔처럼 가로등이 도로로 뻗어 있는데 배의 방향을 잡아주는 키가 정면을 향해 걸려 있다. 사방에 산재한 암초에 부딪쳐 비틀거리지 말라고 길 가는 이들에게 말을 건네는 듯하다. 눈길을 오래 잡아두는 장면을 남기고 차에 몸을 싣는다.

동백섬 내에 위치한 최치원 선생 유적지 초입, 회색 동물 석상과 초록 잎사귀 사이에 붉은 색이 도발적이다. 찬 계절 비바람의 거친 손길에도 아랑곳없이 의연하게 피었다가 꽃잎 하나 흩트리지 않고 그대로 뚝 떨어지는 꽃. 남다른 품새로 시인들을 비롯해 여러 사람들의 입에 회자되는 스캔들 많은 동백이다. 오르는 길로 눈길을 돌리는데 커다란 나무 몸체에서 뻗어 나온 굵은 줄기가 얼기설기 얽혀 메두사의 머리처럼 보인다. 기이한 해송의 형상은 길이 끝나갈 때까지 이어진다.

해운정 옆 자신의 글이 새겨진 비석에 둘러싸여 우뚝 솟은 석대 위에 앉은 고운(孤雲) 최치원(崔致遠, 9세기 통일신라 말기의 학자) 선생의 동상이 보인다. 어린 나이에 유학을 떠났던 당나라에서는 이방인이라는 한계에 부딪치고, 스러져가는 조국 신라에서는 높은 신분제와 질시에 자신의 뜻을 올곧게 펼 수 없었던 비운의 문장가 최치원. 하늘을 찌를 듯한 우람한 해송이 알아주는 이 없어 쓸쓸한 일생을 살았던 선생을 경호하려는 듯 광장 주위를 첩첩이 에워싸고 있다. 세월로 곰삭은 해송과 많은 이들의 연정으로 호위 받고 있는 천재 문장가는 이제 자신의 '자(字)' '해운(海雲)' 의 이름을 단 이곳에 울분과 시름을 내려놓았는지….

흘러가는 저 물은 돌아 못 오고
불빛만 사람을 괴롭히누나
애틋한 아침 비 부슬거리고
꽃들은 피고 맺고 저리 곱구나.

–「봄 새벽」 일부

까마득히 먼 시간 저편을 살던 선생의 마음이나 지금의 내 마

파도 일렁이는 바닷가 바위 위에
황옥을 가슴에 품은 인어상이 보인다.
떠나온 자신의 나라 나란다가 그리워
달빛에 황옥을 비춰본다는 공주를 바라보는 연인들 뒤로
후광처럼 붉은 조명 빛이 퍼져 있다.

음이나 한가지. 불운한 생애의 안타까움과 글에 반해 오래전부터 연모하던 선생의 시 한 구절을 읊조려본다.

어둠 내린 바닷가 산책길, 목재 데크와 숲 군데군데 촛불처럼 등불이 켜진다. 푸른 바다를 향해 몸을 굽힌 고목을 지나자 멀리 백사장 건너 불야성처럼 환한 건물들이 보인다. 다소 거센 바람에 파도가 몸을 일으킨다 싶었는데 눈앞에 구름다리가 나타난다. 발을 내딛고 몇 걸음 걷는 순간 이쪽과 저쪽을 잇는 다리가 출렁거리고 내 다리도 따라 흔들린다. 난간에 매어진 줄을 붙들고 조심스레 건너는데 다리 끝에 오렌지빛 등불이 보인다. 어둠 속에 유난히 밝게 느껴지는 등불을 바라보자 흔들리던 다리가 철교처럼 느껴진다. 나도 누군가에게 저런 등불이 될 수 있으면 참 좋겠다는 생각을 해본다. 나를 위해 저 먼 곳에서 힘을 다해 빛을 내고 있는 등불이 누구인가도 생각해본다.

파도 일렁이는 바닷가 바위 위에 황옥을 가슴에 품은 인어상이 보인다. 떠나온 자신의 나라 나란다가 그리워 달빛에 황옥을 비춰본다는 공주를 바라보는 연인들 뒤로 후광처럼 붉은 조명 빛이 퍼져 있다. 서로에게 등불일 그들이 아름답게 보인다.

검은 바다 너머 보이는 건너편 도심의 야경이 새삼스럽게 멋지다. 환한 저곳에 뒤섞여 살고 있을 때는 느끼지 못했던 새로운 감회다. 작은 등불이 더 환하게 느껴졌던 것도, 환한 곳에서는 보이지 않던 풍경을 볼 수 있는 것도 어둠의 힘이려니….

산책로가 끝나는 지점에 검은 바다에 빠진 불빛이 반사된 것인지 백사장 위로 빛이 스며들어 묘한 분위기를 연출하고 있다. 해수욕장을 벗어나자 대낮처럼 환한 도로의 횡단보도에 사람들이 서 있다. 본체만체 훌쩍 앞서 멀어지는 시간처럼 사라지는 자동차들의 현란한 빛과 신호등 불빛을 번갈아 쳐다본다.

때로는 기다리지 않고 훌쩍 떠나버리는 기차 같을지라도, 절벽 위의 구름다리처럼 또 유리창에 비친 영상처럼 흔들리고 위태로울지라도, 외로운 구름처럼 혼자 떠돌지라도, 빌려줄 수도 빌릴 수도 없는 한 번뿐인 그래서 소중한 삶 속으로 어서 들어가라고 신호등의 초록불이 연신 깜빡인다.

# 지상에 유배되어 온 별

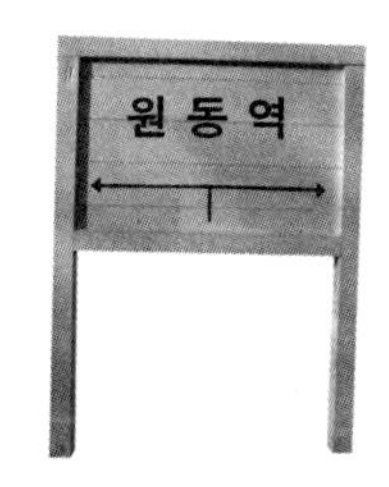


우리는 그때 부산역에서 같이 떠나, 완행열차가 서는 곳, 경부선 원동역에서 헤어졌다. 1969년. 무거운 짐 진 그대 영혼 멀리 떠나거라. 우리 헤어질 때 빈 들에는 어둠이 더욱 넓게 번지고 강물도 고여 멎었다. 소리 없는 강물처럼 행렬 속으로 사라지던 그대, 뱉는 침 저주처럼 가라고 말하지만 驛舍에는 빛이 고이고 흐린 불빛은 나의 절망이었지. 떠나가는 것에 대해 다시는 추억하지 않으마. 언약처럼 떠나거라. 떠나는 길 이승의 끝이랴. 휘어진 길 돌아서 가는 열차의 불빛 삼랑진, 낙동강변으로 이어진 길 추억이 아득할수록 그날의 불빛은 살아 차라리 따스하고 아름답다. 그대 떠난 후 남아 있는 것 시 한 줄의 아픔 뿐, 너무 늦은 눈물로 내 다시 찾아오마.

–홍수진, 「경부선 원동역」 전문

탄생과 소멸이 짝꿍이듯이 만남과 이별 또한 한 짝 아닌가. 탄생 없는 소멸이 있을 수 없고 만남 없는 이별 또한 없지 않은가. 소멸이 있어야 새로운 탄생이 있고 이별이 있어야 새롭게 만날 것 아닌가. 그리 느끼고 묻으면 소멸을… 이별을… 안타까워하거나 그렇게 아파할 이유 또한 없는 것….

비 탓이다. 아니다. 드문드문 핀 봄꽃 탓이다. 아니다. 사실은 원동 가는 길 내내 달리는 차창에 매달려 내 마음을 따라오는 J에 대한 기억 때문에 가라앉은 마음을 다잡을 양으로 잡다한 상념 끝을 봉한 생각이다. 기차가 멈추고 원동역(경상남도 양산시 원동면 원리 1176-2)에 내리려는 순간, 강가 나무에, 봉투에서 쏟아진 팝콘처럼 수북하게 핀 매화가 내 눈 속으로 자리를 옮긴다. 기차도 승객도 모두 떠나고 물안개처럼 퍼져 내리는 비가 등산객들이 왁자지껄 흘려놓고 간 말과 허공의 먼지까지 싸안고 철길에 떨어진 듯 플랫폼이 고요하다. 건너편 벽에 둘러친 펜스 위로 늘어진 넝쿨이 비오는 승강장의 풍경에 운치를 더한다. 옥색 아케이드 덮인 계단에 앉아 비 내리는 기찻길을 바라보고 있는데 난간 틈으로 광장의 옹벽에 그려진 새빨간 꽃송이 벽화가 도드라져 보인다. 기분을 잠시 달뜨게 만드는 정경이다.

역사 입구에 내놓은 보랏빛 키 작은 모종들과 분재 몇 그루가 작고 조용한 역과 잘 어울린다. 다른 역과 달리 별 꾸밈없는 역사 안 한쪽 벽에 1970년대 역사 사진이 걸려 있다. 고즈넉한 시골 우

교통이 원활하지 않던 시절 원동역의 기차는
타지로 볼일을 보러 가거나 구포시장으로 가는 주민들,
또 통학하는 학생들에게 무엇보다 중요한
교통수단이었다고 한다.

체국 같은 모습의 옛 사진 두 장으로 간이역이 훨씬 정겹게 느껴진다. 맞이방 책꽂이에는 스마트폰과 전자사전을 가지고 다니는 요즘 학생들에겐 그 이름조차 생소한 학생대백과사전이 꽂혀 있고 오래된 잡지는 70년대 역사 사진과 세월을 같이 한 듯 손때가 묻어 빛이 바랬다.

1905년 1월 1일 무배치간이역으로 영업을 시작해서 1906년 보통역이 된 원동역의 민태기 부역장님과 예쁜 역무원 김미희 씨가 친절하게 원동역의 역사와 주변관광지를 설명해주신다. 대학생들의 MT장소로 유명한 배냇골, 순매원의 매화축제, 홍매화로 유명한 영포마을, 산 정상에서 바라보는 낙동강의 낙조가 신비로운 천태산 등 볼거리가 많아 주말이나 방학 때가 되면 원동역을 찾는 승객이 많다고 한다. 지금은 관광객이나 등산객들의 이용이 더 많지만 교통이 원활하지 않던 시절 원동역의 기차는 타지로 볼일을 보러 가거나 구포시장으로 가는 주민들, 또 통학하는 학생들에게 무엇보다 중요한 교통수단이었다고 한다. 부역장님이 내미는 자료에서 '원동역에서 낙동강을 바라보면서 소원을 빌면 이루어진다' 라는 문구가 자꾸 눈에 들어온다.

광장으로 나오자 커다랗고 새빨간 꽃송이 벽화를 따라 원동 딸기, 매화, 수박, 청정채소의 특산물과 원동관광안내도가 그려져 있다. 광장 끝머리엔 관광지로 향하는 버스가 승객을 기다리고 있고, 빗물 젖은 땅과 달리 지붕 덮인 노천휴게소의 빈 의자 놓인 바싹 마른 바닥은 딴 세상 같다.

"애인 옆구리에 낑기대끼 저 위 도로에 빠짝 붙어 가보소." 순매원을 묻는 말에 돌아오는 대답. 투박한 사투리의 남정네가 모는 차는 물방울을 사방으로 튕기며 곧 사라지고 비 내리는 마을길은 모든 것이 바닥에 가라앉은 듯 조용하기만 하다. 멀리 눈 들어 바라보는 산허리에 안개가 계곡처럼 감겨 흐르고 있다. 몇 걸음 걷지 않아 붉은 구슬 대롱대롱 매달린 나무를 만난다. 홍매화다. 아직 꽃이 되지 못한 몽우리가 태반인 나뭇가지 끝에 꽃 두 송이가 피어 있다. 우산 속에 쪼그려 앉아 꽃구경 하느라 정작 가려는 목적지는 잊고 시간을 보낸다.

낮은 구릉의 굽이를 돌아 고개로 올라서자 발아래 원동역사가 보인다. 펜스에 하얀 기둥을 덧대고 매달아놓은 파란색 바람개비가 같은 색의 역명판과 어울려 색채감 있게 보인다. 희읍스름한 주변 풍경과 달리 청명한 색상이 눈을 시원하게 한다.

잘못 그린 수채화처럼 하늘빛이 번져 산까지 내려온 듯하고 겹겹이 포개진 산의 형체는 뒤로 갈수록 어렴풋한 기억처럼 안개에 가려 희미하다. 흐르기를 멈춘 듯 고요한 낙동강을 따라 이어진 선로에 눈길을 내린다. 하늘과 산 그리고 강이 철로와 조화를 이루며 한 장의 사진처럼 펼쳐져 있다.

시든 나뭇잎 몇 개 달고 낙엽 진 자리에 서 있는 나무들. 보란 듯이 양팔을 벌린 듯한 두 가지에 조랑조랑 꽃잎을 펼치고 키 작은 매화나무가 서 있다. 그 곁에 꽃송이 하나 없이 맨몸인 커다란 나무 두 그루가 꽃피울 따뜻한 기운을 붙잡으려는 듯 허공에 가

지나온 길에 보았던 드문드문 핀 매화와는 달리
화들짝 피어 있는 꽃에 바짝 다가선다.
꽃을 바라보는 순간은 모든 시간이 정지하는 듯하다.

이제 또 화라락 피었던 꽃이 지고 나면
그 자리에 나무의 꿈인 초록매실이 소담스럽게 열매를 맺을 것이다.
그 열매는 나무의 통증이라고 누가 말했던가.

지를 한껏 늘어뜨리고 있다.

고개 정상에는 제법 꽃망울 터진 나무들이 많다. 꽃 좋아하는 마음 감추지 못하고 금세 내 얼굴에 환한 웃음이 번진다. 도로 한쪽에 차를 세우고 남녀 상춘객이 사진 찍기에 바쁘다. 구슬처럼 단단하게 감싸진 꽃봉오리가 터지는 그 절정의 순간을 돕기 위해 사락사락 내리는 봄비, '줄탁동시'의 시간을 지켜보는 객들의 표정이 기껍다.

지나온 길에 보았던 드문드문 핀 매화와는 달리 화들짝 피어 있는 꽃에 바짝 다가선다. 꽃을 바라보는 순간은 모든 시간이 정지하는 듯하다. 이 순간이 지나고 나면 곧 지고 말 꽃이 아쉬워 정신을 놓는지도 모르겠다. 세상 사람들에게 반짝하는 환희의 순간을 제공하는 시인을 지상에 잠시 유배되어 온 별이라고 노래한 시인의 말을 잠시 빌려 오자면 지금 이 순간 지상에 유배되어 온 별은 이 꽃이 아니겠는가.

잎 지고 꽃 떨어지는 죽음을 지켜보며 홀로 어둠 속에서 찬바람 맞는 고통을 감수했을 나무에 손 얹어본다. 소멸을 이기고 새로운 탄생의 꽃을 피우고 있는 나무. 이제 또 화라락 피었던 꽃이 지고 나면 그 자리에 나무의 꿈인 초록매실이 소담스럽게 열매를 맺을 것이다. 그 열매는 나무의 통증이라고 누가 말했던가.

저 먼 곳 어슴푸레한 곡선의 철길로 기차가 들어오고 있다. 사방으로 뻗은 매화나뭇가지가 철길 위에 우산처럼 드리워지고 그 아래로 기차는 쏜살같이 달려간다. 기차 지나가고 끝없이 펼쳐진 철길이 매화나무의 꿈처럼 길게 뻗어 있다.

꽃에 취한 몽롱함으로 매화공원 시비에 적힌 「경부선 원동역」 시를 읽는다. 「영일만 친구」의 주인공이자 가수 최백호의 절친한 벗이었던 시인 홍수진의 시이다. 산세 좋은 산과 낙조가 아름다운 낙동강을 끼고 위치한 조그만 간이역 원동역에서 시인 홍수진은 이제 막 피어나는 매화 같은 20세에 연인과 이별을 했다고 한다. '소리 없는 강물처럼 행렬 속으로 사라지던 그대, 뱉는 침 저주처럼 가라고 말하지만 역사(驛舍)에는 빛이 고이고 흐린 불빛은 나의 절망이었지.' 사랑하는 이를 보냈던 역에서 절망을 느꼈던 그는 49세의 젊은 나이에 암으로 세상을 떠났다. 시 한 줄의 아픔으로 연인을 보내고 떠난 그대.

그처럼 '떠나가는 것에 대해 다시는 추억하지 않으마. 언약처럼 떠나거라.' 하고 훌훌 털어버릴 수 있다면 좋으련만….

J로 불리는 내 아우는 서른여덟에 스스로 목숨 줄을 놓았다. 아쉬울 거 아무것도, 그리운 그 누구도 없다는 듯이 홀연히 그렇게 가버렸다. 동생이 가고 난 후 내 삶의 방향도 바뀌고 꿈마저 희미해져버렸다. 한 세상 그렇게 덧없이 가는 것을 아등바등 살아야 할 이유도, 진득하니 내 삶을 끌고 갈 이유도 없어 보였기 때문이다. 그런데 얼마의 시간이 지난 후 동생을 애타게 그리워하는 마음도 결국 자기애에서 비롯된 것이라는 걸 깨달았다. 나를 지척에서 응원해주고 다독여줄 사람을 잃었다는 상실감. 순간 나를 사랑해줬던 아우를 위해, 내가 아끼는 나를 위해 잠든 꿈을 깨우

사락사락 비오는 원동역에기차가 들어오고
멀리 겹겹이 포개진 산이 낙동강 뒤로 펼쳐져 있다.

고 진중하게 내 삶을 돌아보게 되었다. 그것이 동생을 다시 살리는 일이었고 그 애의 소멸 뒤에 얻은 새로운 깨달음이었다.

아직 채 피지 않은 꽃을 또 열리지 않은 열매를 상상하며 비 내리는 원동역사 건너 매화나무를 올려다본다.

너 떠난 길 이승의 끝이랴. 내 기억 속에 살아 숨쉬는 J야. 순간순간 환희에 젖게 만드는 지상의 모든 것은 저 우주에서 유배 온 별. 너와의 기억도 추억도 별처럼 내게 남아 있는데…. 날마다 새로운 만남으로 너를 기억하마. 잠시 잊고 있던 꿈을 일깨워주려는 듯 저 멀리 기차가 들어오고 있다.

# 시간이 멈춘 길 위에서

거대한 별 모양 표창처럼 보이는 돔형 소싸움경기장(경상북도 청주군 화양읍 삼신리 693-2) 위로 파란 하늘이 펼쳐져 있다. 유난히 짙은 파란 하늘에 둥둥 떠 있는 흰 구름이 3D화면처럼 경계가 선명하다.

3경기 시작 15분 전. '격돌', '환호', '牛랏차차', '불꽃 튀는 대격전' 경기장 내부에 써 붙인 선전문구가 소싸움경기장답다. 강렬한 빨강에 간간이 섞인 노랑과 파랑, 의자 등 내부 장식에 사용한 색깔이 원색의 대비를 더한다. 주심을 비롯해 여섯 명의 부심이 붉은색으로 띠를 두른 지름 31미터 원형 링 중앙에 동그랗게 서서 모자를 벗고 인사하는데 흡사 꽃잎 안의 꽃술처럼 보인다.

드디어 선수 입장. 홍 코너 740킬로그램의 대물2. 최근 5경기

출전 5경기 완패로 대물이란 이름을 무색하게 한다. 청 코너 787 킬로그램의 이범이 역시 이제 막 기량 검증을 통과했을 뿐 무승 무패 전적이 없다.

앞발과 뒷발로 모래를 쳐올리며 기선을 제압하는 양쪽의 황소들. 머리를 맞대고 버티기에 들어간다. 옆에서 어얏, 하는 신호로 조교사가 격전을 주문한다. 이범이가 몸을 빼는 듯하더니 고개를 돌리자 대물2도 옆으로 비키며 머리를 땅으로 숙인다. 다음 순간 대물2의 다리가 휘청한다. 두 살 어린 이범이의 진득한 머리치기가 먹혀들어 가는 순간이다. 장내에 짧은 소요가 인다. 덩달아 조교사 둘의 발걸음도 빨라진다. 두 황소가 몸을 트는 순간 바람이 분 듯 바닥의 모래가 사방으로 흩어진다. 모래로 가려졌던 두 선수의 얼굴이 드러나는 찰나 갑자기 대물2가 급히 몸을 돌려 줄행랑을 친다. 곧이어 승패를 알리는 음악이 달아나는 대물2를 따라간다. 경기 시작하고 불과 2분이 조금 지난 시각. 경기장 안에 긴장이 풀리는 탄식과 이완의 웃음소리가 퍼진다.

불확실성과 우연을 보듬은 순간의 배팅에 실패한 이와 성공한 이가 뒤섞여 분주한 경기장을 빠져나오니 꽃샘바람이 휘몰아치고 있다. 4월이 며칠 남지 않았는데… 봄도 배팅에 실패했음이 분명하다.

육중한 무게의 살아 숨 쉬는 황소를 보고 온 지 얼마 지나지 않아 수레 끄는 매끈한 황소 모형을 청도역(경상북도 청도군 청도읍 고수8리 969-2. 남성현역과 신거역 사이에 있는 경부선 청도

역은 1905년 1월 1일 보통역으로 영업을 시작하였고 1996년 소화물 취급을 중지했다)에서 본다. 민속소싸움을 체계화하여 역동성 있는 레저문화로 창조하였다는 청도의 유명한 소싸움을 구경하고 온 터라 모형이지만 황소가 예사롭게 보이지 않는다. 역사와 승강장 사이의 공간에 서 있는 황소가 역사 출입문 쪽을 바라보고 있다. 승강장으로 가던 사람들도 잠시 황소와 눈을 맞추느라 발걸음을 멈춘다.

생긴 모양이 둥글납작하여 반시로 불리는 당도 높은 특산물 청도 감나무가 황소가 끄는 수레 뒤쪽에 서 있다. 감나무 모형 뒤쪽으로 몇 발짝 걸으니 원두막과 초가집이 보인다. 전통생활문화관이란 이름으로 조성된 시골 외갓집 풍경이다. 기차를 타고 내리는 승객들을 위한 작은 배려이리라. 처마 밑에 장구와 꽹과리 북이 매달려 있고 붓으로 쓴 '입춘대길'과 '건양다경' 문구가 대문 양쪽에 하나씩 붙어 있다. 겨우내 몸을 웅크리며 숨죽이고 있던 사물이 왕성하게 생동하는 시기, 사계절의 시작이고 한 해의 출발인 봄, 찬 기운이 쉽게 자리 내주기를 꺼리는가. 플랫폼에 부는 찬바람이 매섭다.

초가집 옆에는 쟁기, 절구통, 써래 등의 농기구가 놓여 있는데 부산역에 근무하는 신우석 시설처 건축 파트장이 한 트럭 기증했다고 한다. 지금은 신식 농기구에 밀려 보기 드문 물건들. 유치원생들이나 어린 학생들은 무엇에 쓰는 물건인고? 할 것이다. 초가집 앞쪽 댓돌 위에 놓인 흰 고무신을 바라보다 안쪽으로 고개를 돌리는데 승강장에 기차가 들어와 멎는다. 승객들이 플랫폼을 오가는 사이 기차 바로 앞쪽의 샘처럼 작은 우물과 솟대가 눈으로 들어오고 "오냐, 내 강아지!" 하는 할머니의 음성이 창호지 바른 문의 안쪽에서 금세라도 들려올 것 같다. 싸리 울타리 쳐진 장독대엔 옹기종기 모여 앉은 옹기가 햇빛을 받아 반짝인다.

시골 할아버지댁에서 동생과 보냈던 유년 시절, 반질반질 윤이 나던 장독대 옆에 딸기밭이 있었는데…. 초록 잎사귀 사이사이 숨은 붉은 기 살짝 도는 덜 익은 딸기 따는 재미를 어디에 비할까. 익지 않은 포도며 감꽃을 모조리 따고 한나절이나 절굿공이를 들고 벌을 서던 기억도 아련하기만 한데…. 이제는 할아버지도 딸기밭도 감나무도 그리운 시간 속의 풍경으로 사라져버렸다.

떠나는 기차 뒤꽁무니를 바라보다 몸을 돌리니 지구를 20바퀴 돌았다는 1989년 10월 5일생 새마을호가 초가집 뒤쪽에서 빠끔히 고개를 내밀고 있다. 디젤엔진 세 개를 달고 창원시에서 태어난 기차는 이제 초가가 조성된 청도역사 곁으로 옮겨와 곤한 몸을 쉬고 있다. 최고급 열차로 이름을 날렸던 예전의 명성은 잊은 듯 KTX의 철길 드나드는 기척에도 한 치의 흔들림이 없다.

철길 건너로 눈을 옮기자 아파트와 높고 낮은 건물들이 이쪽을 바라보고 있다. 선로 이쪽과 저쪽에 펼쳐진 도시와 시골이 가깝고도 멀게 느껴진다.

켜켜이 쌓인 풍경과 시간의 미덕을 외면한 채 서지 않는 KTX는 급히 청도역을 스쳐 지나가고 예전 증기기관차에 물을 대주던 커다란 버섯 모양의 급수탑이 신산한 세월의 흔적을 감추려는 듯 나뭇가지로 몸을 가리고 뒤쪽에 비켜서 있다. 감춘 몸에 굳이 오래 눈길 두지 않고 나 역시 시선을 돌린다.

나무 둥치를 깎아 만든 듯한 동그란 의자가 인상적인 역사 안을 둘러보고 밖으로 나오니 여전히 찬바람은 거세고 파란 하늘이 주름치마처럼 골이 패인 산자락 위로 펼쳐져 있다. 이런 날은 '그리운 사람을 그리워하자' 라고 했던가. 눈이 부시게 푸른 날이다.

내호리라는 동네, 5천 통의 연서를 받았다던 시인의 생가를 찾아가는 길이 쉽지 않다. 물어물어 찾아간 대한민국 근대문화유산으로 등록된 이호우 · 이영도 시조시인 생가(청도군 청도읍 내호리 259, 등록문화재 제293호)의 대문은 굳게 잠겨 있고, 두 남매 시인의 성장을 지켜봤을 키 큰 나무만 담장 넘어 가지를 뻗고 밖을 기웃댄다. 대문에 의지해 까치발로 안쪽을 살펴본다. 잎 하나 없이 가지만 앙상한 나무가 벽의 제 그림자를 벗 삼아 양지 쪽에 서 있다. 그 아래 뾰족뾰족 올라오는 키 낮은 풀들이 보인다. 저 나무 몸피에 기대 술래를 하고 장독대로 찾아들어 숨으며 어린 오누이는 어느 오후 한나절을 보내지 않았을까. 또 그늘진 나무를 집 삼아 흙 밥, 풀 반찬을 차려놓고 소꿉놀이를 하지 않았을까. 주인 없는 집을 기웃대는 객의 상념이 점점 키를 키운다.

집 뒤쪽으로 돌아가니 허물어져가는 담장 아래 흘러내린 흙과 돌이 쌓여 있고 떨어져나간 기와지붕 위로 굵은 나무줄기가 뻗어 있다. 무너진 담장 사이 어딘가에 남아 있을지 모를 두 시인의 흔

시골 할아버지댁에서 동생과 보냈던 유년 시절,
반질반질 윤이 나던 장독대 옆에 딸기밭이 있었는데….
초록 잎사귀 사이사이 숨은 붉은 기 살짝 도는
덜 익은 딸기 따는 재미를 어디에 비할까.
익지 않은 포도며 감꽃을 모조리 따고 한나절이나
절굿공이를 들고 벌을 서던 기억도 아련하기만 한데….
이제는 할아버지도 딸기밭도 감나무도
그리운 시간 속의 풍경으로 사라져버렸다.

적을 찾기 위해 객의 마음도 담장 안을 넘는다.

절대 풀리지 않을 것처럼 담을 칭칭 감고 얽히고설킨 나무줄기를 바라보며 되돌아 나오는 길. 세상의 고달픈 바람결에 시달리고 나부끼어 맺지 못한 인연… 그래도 사랑하였으므로 행복하였네라 여겼던 유치환과 이영도 시인의 사랑을 생각한다. 이 땅의 애틋했던 연분, 한 방울 연연한 진홍빛 양귀비꽃 같았던 인연, 천상에서 다시 만나 이루었는지…. 이루지 못한 이승도 꽃밭이라 여겼던 그들의 사랑은 이미 완성된 것은 아닐는지….

다시 길 앞쪽으로 나오니 시인의 생가에만 정신을 쏟다 미처 보지 못한 풍경이 눈앞에 펼쳐진다. 흙으로 쌓은 담과 여닫이 나무문이 달린 정미소, 단단한 돌로 기둥과 처마를 만든 '구생당약국' 이란 상호를 단 건물, 남매 시인의 집 바로 앞에 서 있는 극장으로 쓰였던 건물이 영화 촬영을 위해 60년대를 재현해놓은 세트장 같다. 내호리라는 이름보다 유천으로 더 잘 알려진 이곳이 번성하던 시절, 영화를 보기 위해 줄을 서던 사람들 틈에 시인 남매도 서 있지 않았을까. 가슴 울렁이는 영화 속에 빠져 시가 될 토양을 차곡차곡 쌓은 건 아닐는지. 어느 순간 시간이 멈춘 듯한 내호리 좁은 골목 안에서 내 생각도 잠시 길을 잃고 서성인다.

내친걸음 어느 봄날 눈처럼 길가에 내려앉은 벚꽃에 정신을 놓았던 운문사(경북 청도군 운문면 신원리 호거산)로 향한다. 초입의 소나무 숲을 지나 절로 오르는 길, 소녀티가 나는 비구니 두 명이 바삐 절에서 내려온다. 멀어지는 여승의 뒷모습을 바라보며 언젠가 모 시인이 들려주던 말을 상기한다. 법회 시간이 되어 법고를 울리는 여승을 봤는데 석양빛을 받고 북을 울리는 그 모습이 어찌나 아련하고 슬퍼 보이던지 눈물이 나더라는 이야기…. 가족과 사회의 연을 끊고 새로운 삶의 수행에 드는 이들의 생은 어떤 것인지 짐작이 어렵다.

봄에 막걸리를 물에 타 뿌리 가장자리에 준다는 천연기념물 제180호 처진 소나무가 변함없는 모습으로 절의 방문객들을 맞는다. 법회를 하는 장소였으나 현재는 행사장으로 쓰인다는 유형문화재 제424호의 만세루를 지나 기둥마다 주련 적힌 두 개의 대웅보전(문화재청에서 보물로 지정하면서 비로전에서 다시 이름을 바꾼 대웅보전과 1994년 신축한 석가모니불을 모신 대웅보전)을 둘러본다.

하늘 향해 매끈하게 뻗은 삼층 석탑을 지나 극락교로 향한다. 다리를 폐쇄시키기 위해 닫아놓은 문에 붙인 '발길 돌려주세요'라는 문구와 극락교가 절묘한 매치를 이루고 있다. 그 옆에 선 목련나무의 줄기에 돋아난 돌돌 말린 몽우리는 바람에 낭창낭창 흔들리고 다리 아래로 맑은 시냇물이 졸졸졸 소리를 내며 흐르고 있다.

발길 옮기는 곳마다 정갈하고 단정한 여승들의 수행 공간을 벗어나 밖으로 나오니 아직 꽃 피지 않은 벚나무 가지의 아치 속으로 사람들이 걸어가고 있다.

때로는 불확실성과 우연에 기대기도 하고, 때로는 온전하지 못한 현실의 틈을 비집고 올라오는 추억을 더듬으며 한숨짓기도 하지만, 어김없이 봄이 찾아올 것을 믿듯 저 길이 이승의 꽃밭임을 의심하지 않는다. 그 길 속으로 나도 발걸음을 뗀다.

수많은 집회와 행사가 벌어지는
부산역 광장.

# 4월의 시

"바다에 빠지지 않기 위하여 부산진에서부터 몸을 뻗대며 조심조심 들어오던 기차."

목이 쉬도록 울며 서울역에서 부산역까지 27시간 35분이 걸려 기어왔던 김동리 소설 속의 열차는 이제 세 시간이 채 못 되어 부산역에 당도한다. 한 걸음만 더 내디디면 허무한 공간으로 떨어지고 말 것 같은 최후의 점(點) 같은 것에 사로잡힌 「밀다원시대」의 주인공 이중구의 위기의식은 이제 사라졌는가. 바다와 인접한 막다른 끝 부산으로 그가 피해 왔던 전쟁은 이제 모두 끝났는가. 27시간 35분 걸려 찾아오던 전쟁 같은 위기의식이 세 시간도 채 되지 않아 우리들에게 찾아오고 있는 건 아닌지.

부산역을 찾아가는 길.

광장 화장실에 들러 나오려는 찰나, 옆 화장실 문틈으로 살이 짓물러 굳고 썩은 듯한 발이 이쪽으로 삐져나와 있다. 심장이 멎는 것 같다. 바로 손을 뻗어 내 발목을 잡아당길 것 같다. 오싹함에 후다닥 밖으로 나온다. 잠시 밖에서 서성이다 이내 다시 안으로 들어간다. 내가 들어갔던 화장실 문을 열고 좀 떨어진 거리에서 그 발을 지켜본다. 기척이 없다. 만져볼 수도 없고 찔러볼 수도 없고… 서성이다 마침 들어오는 여자에게 "저기요… 여기 사람이 있는데 움직이지를 않아요" 하고 속삭이자 나를 '꽃 물고 다니는 여자' 로 알았는지 소리치며 도망가기 바쁘다. 또다시 한참을 서성이다 결국 문을 두드리고 흔들자 안에서 으어어, 하는 소리가 난다. 그제야 나는 그 여자보다 더 빠르게 도망친다. 잠자리를 찾아 화장실로 찾아든 노숙자인 듯하다.

수많은 집회와 행사가 벌어지는 부산역 광장. 바보로 불리던 대통령의 분향소가 설치되었던 곳에서 4월 11일 총선에 대비한 투표참여 홍보단 발대식을 하고 있다. 음악과 노래가 흘러나오는 발대식에 관심을 기울이는 이는 없어 보인다.

잔인하다는 계절 4월의 봄은 과연 오는가. 쉼터에 늘어선 나무줄기엔 잎이 돋아날 기미가 없다. 싸리 빗자루를 거꾸로 세워놓은 듯 가지를 뻗고 양쪽으로 길게 늘어서 있는 나무를 둘러싼 원형 의자에는 휴가 나온 군인, 양복 입은 아저씨, 군데군데 모여 앉은 어르신과 원색의 등산복 입은 사람들이 각양각색의 모양으로 앉아 있다. 그들의 발아래서 종종거리던 비둘기가 떼를 지어 푸드득 날개를 펼쳐 일시에 날아오르고 짧은 반바지 입고 지나가는 아가씨에게 행인의 눈길이 쏠린다.

그들 사이에 끼지 못하고 화장실로 찾아든 노숙자의 부르튼 발과 역 앞의 분식집에서 벼룩시장 구인란을 열심히 뒤지던 초라한 행색의 아저씨 얼굴이 쉽사리 잊히지 않는 오후, 전면 유리창이 햇빛을 받아 반짝이는 역사 안으로 발을 들여놓는데 서울역, 동대구역과 더불어 유동인구가 제일 많다는 역답게 사람들로 북적인다.

상처와 시련 없이 이룰 수 있는 것은 없듯이 부산역 또한 지금의 웅장하고 멋진 역사를 갖추기까지 지난한 세월을 보냈다. 경부선 고속열차와 일반열차의 시종착역이기도 하고 동북아 물류의 중심 역할을 하고 있는 부산역(부산광역시 동구 초량3동 1187-1. 1908년 4월 1일 임시 정거장으로 업무를 시작)은 1953년 부산역전 대화재로 1910년 준공된 역사가 전소되어 중앙동에 임시가설물 역사를 설치하여 운영하다가 1968년 초량동에 역사를 신축했다고 한다. 현재의 역사는 2004년 경부고속철도 개통에 맞춰 증 · 개축되었고 2010년 11월 리모델링이 완공되어 각종 부대시설을 갖추고 있다.

♬ 보슬비가 소리도 없이 이별 슬픈 부산정거장. 잘 있어요~ 잘 가세요. 눈물의 기적이 운다. 한 많은 피난살이 설움도 많아
그래도 잊지 못할 판잣집이여~ 경상도 사투리의 아가씨가 슬피 우네. 이별의 부산정거장.

많은 사람들이 부산역 하면 떠오른다는 노래, 동명의 영화로도 만들어지고 전쟁 후 어수선한 상황에서도 10만여 장이 넘는 음반 판매 기록을 세웠다는 남인수의 「이별의 부산정거장」이다. 한국전쟁 시절 부산에 피난 왔던 나그네가 서울이 수복되어 돌아가면서 사랑했던 부산의 아가씨와 이별하는 모습을 그린 이 노래는 빛처럼 환한 현재의 부산역이 품은 어두운 과거의 그림자를 대변하고 있다.

「경상도 아가씨」의 흔적이 남아 있는 40계단을 가기 위해 부산역 광장으로 나오니 멀리 산 위의 마을이 눈앞에 펼쳐져 있다.

자갈치시장, 부산항 부두, 국제시장에 위치한 일터를 찾아가기 위해 또는 부산역으로 가기 위해 피난민들이 오르내렸던 40계단. 부산항 부두에서 들어오는 구호물자가 거래되기도 했고 암달러상이 활개를 치던 이곳에 지금은 추억의 테마거리가 조성되어 있다. 기차 레일을 깔고 조성한 '기찻길 거리'와 '바닷길 거리'가 그것이다.

'뻥이요'를 외치는 아저씨와 귀를 막고 선 두 아이의 모습이 영락없이 '그때를 아십니까'에 등장하는 옛 필름 속 그대로다. 가슴을 다 드러내놓고 들쳐 업은 아이를 옆으로 돌려 젖을 물리는 '어머니의 마음'이라는 제목의 조형물과 그 앞쪽에 이제는 보고 싶어도 볼 수 없는 그리운 이에게 띄우는 하늘로 보내는 편지를 넣는 우체통이 있다. 과거의 추억을 품 안에 한껏 간직한 우체

계단을 오르려다 발견한
기둥에 붙은 영화 포스터가
금세 시간을 거꾸로 돌려놓는 것 같다.

통 앞으로 24시간 편의점이 보인다. 과거와 현재의 시간이, 꾸며 놓은 기차 레일을 타고 함께 간다.

40계단은 피난민들이 헤어진 부모형제 가족을 만나기 위한 약속 장소로 영도다리와 함께 제일 많이 이용했다고 한다. 부두노동자들이 산복도로 판잣집을 가기 위해 봉투에 며칠 먹을 양식과 새끼줄로 엮은 연탄을 들고 오가던 곳이자, 배고파 칭얼대는 아기를 업은 아낙이 대야를 머리에 이고 행상을 하며 거닐던 눈물 어린 장소였다. 그들이 내쉬던 한숨을 연주로 달래주려는 듯 40계단 중간에 아코디언 켜는 남자 동상이 앉아 있다.

계단을 오르려다 발견한 기둥에 붙은 영화 포스터가 금세 시간을 거꾸로 돌려놓는 것 같다. 1969년 나훈아의 히트곡인 「사랑은 눈물의 씨앗」을 바탕으로 제작된 영화다. 40계단을 오르는 남자와 그 뒤를 따르는 아기 업은 여자의 뒷모습이 영화의 한 장면을 재현하는 것 같다. 그들을 따라 계단을 올라 산복도로 마을로 진입한다.

1950년대엔 비 온 뒤 죽순처럼 피난민들의 삶터인 판잣집이 생겼다고 한다. 부산세관 바로 건너편에 있던 부산역을 통해 한국전쟁의 피난민들이 몰려들었고 영주동, 아미동, 동광동, 중앙동, 수정동 등의 산비탈에 그들이 삶의 터전을 마련한 것이다. 늦은 시간, 항에 도착한 외국인들이 산꼭대기에 켜놓은 불빛을 보고 높은 빌딩들로 착각해 놀랐다고 한다. 밤에 밝힌 등불로 아름답던 도시는 다음 날이면 어김없이 판잣집의 정체가 드러나고 말았지만.

동광동 산비탈로 오르니 부서진 집터가 군데군데 보인다. 햇빛 아래 쑥을 다듬고 있던 초로의 아주머니가 카메라 든 나를 향해 "사진 많이 찍어두소, 곧 사라질 팅께." 하신다. 황량한 빈 집터의 사연을 물으니 두세 평에 살던 사람들이 떠난 자리라고 한다. 형체 없이 사라진 집터에서 올라온 잡초인지 풀인지 알 수 없는 꽃이 바람에 하느작거린다. 문득 산복도로 시인이라 불리는 강영환 시인이 노래한 '눈물한방울꽃'이 떠오른다. 민들레 홀씨처럼 숲속에서 숲속으로 발자국도 없이 떠돌고… 떠돌다 누군가 이름 붙여주길 기다리는 그 키 작은 꽃.

제법 넓은 도로를 지나 가파른 길의 계단을 마주하는 순간 활짝 핀 커다란 꽃들이 둥실둥실 떠서 객을 맞는다. 벽에 그려진 색감 선명한 그림이다. 높은 산에는 평지에서 볼 수 없는 꽃이 핀다고 하던데 그 꽃을 이곳에서 만난다. 산 아래는 아직 찾아오지 않은 봄이 이곳에 미리 왔는가.

골목을 지나면 나타나는 좁은 계단, 계단을 지나면 다닥다닥 붙어 있는 집 사이로 나타나는 또 다른 좁은 골목. 바람도 비켜가야 될 정도의 좁은 공간으로 몽글몽글 피어난 하얀 목련이 담 넘어 고개를 내밀고 깎아지른 절벽 위에 세워진 집 아래 난간에는 노란색 유채꽃이 살랑살랑 교태 섞인 몸짓으로 바람을 잡는다.

끝날 줄 모르는 산복도로 동네를 걷다 지을 당시에는 이쪽 산동네에서 제법 고급 아파트로 불렸을 법한 주택을 만난다. 외벽

골목과 계단이 유난히 많은 산복도로 동네

폐허 위에 핀 꽃

이 까맣게 때 묻은 자국으로 얼룩져 있어 음침하고 을씨년스런 분위기를 자아낸다. 그에 견주어 낡은 주택 뒤쪽에 핀 유난히 화사한 흰 벚꽃이 지나는 객의 눈과 발을 붙든다. 마치 판도라 상자 속에 갇혀 있던 희망을 보듯 마음을 환하게 밝힌다.

눈 들어 산 아래 마을 풍경을 바라본다.

한 걱정이 가고 나면 또 한 시름이 팔을 뻗어 끈덕지게 안겨오는 세상.

그 걱정과 시름에 목이 감겨 비틀거리는 이들을 생각한다. 화장실로 찾아들었던 노숙자, 열심히 벼룩신문을 뒤지며 일자리를 찾던 초로의 아저씨, 오랫동안 살던 삶의 터전을 떠나 어디론가 새로운 정착지를 찾아간 그 누구….

어디선가 들려오는 웃음소리에 고개를 돌린다. 학교를 마친 학생들이 무리지어 걸어온다. 어깨동무를 하고 등을 치며 한바탕 소란스런 행렬로 내 앞을 지난 그들의 발걸음이 빠르다. 학생들이 쏟아놓고 간 웃음처럼 해맑고 귀여운 개나리가 부서지고 깨진 담장 너머로 흐벅지게 늘어져 있다. 모진 바람과 거센 찬기를 이기고 환한 꽃을 선사하는 봄이 발 앞에 와 있다. 광장의 즐비한 쉼터 나무에 새 잎이 돋아 무성해지면 활기를 찾은 그들이 모여 새로운 생의 시를 쓰기를 기원해본다. 부산역광장 앞 커다란 석상에 새겨진 문구가 떠오른다.

"생명이 출렁이는 부산."

# 4월의 시 II

"경기가 엉망이고, 부산 가깝고, 말씨도 부산 말씨고… 급하고 말씨가… 인구는 많이 줄었고…." 밀양이 어떤 곳이냐는 전도연(신애 역)의 물음에 송강호(종찬 역)가 이렇게 답한다.

"밀양이란 이름의 뜻이 뭔 줄 알아요?"

신애가 종찬에게 다시 묻는다.

한자로 비밀 밀, 볕 양, 비밀 볕.

뜻 같은 거 모르고 그냥 산다는 종찬에게 신애가 밀양의 뜻을 알려준다.

내게 밀양은 2007년 개봉한 이창동 감독의 영화 〈밀양〉의 배경이 되었던 곳으로 각인되어 있다.

비밀스러운 햇볕의 도시 밀양으로 가는 길, 종찬과 신애가 만났던 그날처럼 바람이 잦다.

밀양역(경상남도 밀양시 가곡동 662. 1905년 1월 1일 보통역으로 영업을 시작하였으며, 1982년 12월 역사를 신축하였다) 철길 가에 세워놓은 크고 작은 석상 사이로 댓잎이 바람 따라 서걱거리며 몸을 나부대고 봄티를 내며 막 올라오기 시작하는 연두색 잎사귀와 노란 개나리, 저 멀리 안개처럼 흩어져 피어 있는 연분홍 벚꽃은 그리다 멈춘 수채화처럼 바람의 기운에 숨죽이고 있다.

승강장 KTX 대기실에 앉아 있던 사람들이 기차 들어오는 소리에 몸을 일으키고 조금 늦게 도착한 이들은 계단을 급히 뛰어 내려온다. 멀리 속도를 늦춘 채 선로 위를 달려오는 기차를 물끄러미 바라보고 선 남루한 차림의 여인이 휘감을 듯 몰아치는 바람에 가방을 움켜쥐고 주저앉는다. 나 역시 바람을 피해 등을 돌리고 뒷걸음을 걷는다.

승강장에서 역사로 건너가는 계단 벽에 밀양의 각종 축제와 백중놀이, 무안용호놀이, 감내게줄당기기 등 무형문화재를 소개하는 사진이 장식되어 있다. 예부터 밀양은 양반과 노비의 구별이 심하여 천민들의 한이 놀이 속에 잘 표현되어 있다고 한다.

팔각정 모양의 등 밑으로 기둥이 떠받치고 있는 크지도 작지도 않은 정갈한 밀양역사 내부를 둘러보고 밖으로 나오니 운동장처럼 드넓은 광장이 눈으로 들어온다. 기와지붕 모양의 역사 앞에 펼쳐진 드넓은 광장이 한적하기 그지없다. 저 멀리 광장 끝에 버스 정류장이 보인다. 기차를 타고 온 이들이 또 다시 버스를 타고

밀양역
Miryang Station

정지
10

어딘가로 사라진다. 사람 드문 광장을 놀이터인 양 바람만이 들고 나기를 반복한다. 밀양의 비밀스러운 햇볕은 미미한 기색만 흘리고 어디에 숨어 있는가.

광장 왼편의 유리로 장식된 전면에 커다란 동그라미 장식이 붙은 건물이 독특하다. 자세히 보니 자전거 주차장이다. 다른 곳에서는 보지 못한 풍경이라 눈길을 끈다.

광장을 가로질러 반대편에 밀양관광안내도를 바탕으로 만든 커다란 시계가 보인다. 빨간 시침과 분침이 오후의 나른함을 이기려는 듯 두 팔을 위로 올려 기지개를 켜고 있다. 그 앞쪽으로 도열한 소나무 화단 끝에 밀양아리랑이 새겨진 사자 석상이 서 있다. '진도아리랑', '강원도 아리랑' 과 더불어 우리나라 3대 아리랑으로 일컬어지는 '밀양아리랑'. 달 밝은 밤, 마실을 나갔다가 정조를 지키고 억울한 죽음을 당한 아랑의 한을 달래기 위해 부르던 노래가 구전된 것이라고 한다. 날 좀 보소, 날 좀 보소로 시작하는 그 민요의 3절에 아랑각이 등장하는 줄은 몰랐다.

> ♬ 남천강 굽이쳐서 영남루를 감돌고 벽공에 걸린 달은 아랑각을 비추네. 아리 아리랑 쓰리 쓰리랑 아라리가 났네. 아리랑 고개로 날 넘겨주소.

입에서는 아리랑 곡조가 흐르고 발길은 아랑각이 있는 영남루로 향한다.

난간 높이 청사초롱 매달린 남천교를 지나 영남루 가는 계단을 오르는데 그 모양이 독특하다. 공들인 흔적이 엿보인다. 산을 등지고 밀양강 절벽 위에 우뚝 세워진 영남루 옆 화단의 나무들 사이로 조각된 하얀 두루미 몇 마리가 보인다. 곧 날아갈 듯 펼친 날갯짓과는 달리 적요하게 느껴진다.

고려 공민왕 14년에 밀양군수 김주가 지었다는 영남루(경남 밀양시 내일동. 보물 제147호)는 화재로 소실되었다가 조선헌종 10년 밀양부사 이인제가 새로 지었다고 한다. 영남사라는 폐사 터에 지어지면서 자연스럽게 영남루라는 이름을 얻었다.

침류각과 연결되는 달월자 형의 계단과 양쪽 익루가 아름다운 영남루에 오르니 빛바랜 고풍스러운 단청과 기둥 사이를 연결하는 대들보에 조각된 용신이 눈길을 사로잡는다. 화사한 꽃과 희귀한 동물 문양이 지나간 시간의 흔적으로 또 다른 화장을 한 채 고운 모습을 유지하고 있다.

깎아지른 절애 위에 세워진 아름다운 누각에서 밀양강을 바라보노라면 저절로 시 한 수가 흘러나올 법도 하다. 그 때문인가. 당대 명필가와 문장가들의 시문 현판이 즐비하게 걸려 있다. 그 중에 밀양부사 이인제의 큰 아들 이증석이 11세 때 썼다는 '영남제일루(嶺南第一樓)' 와 둘째 아들 이현석이 7세 때 썼다는 '영남루(嶺南樓)' 현판이 제일 눈에 띈다. 아버지가 지은 누각에 아들이 쓴 현판을 바라보는 마음이 묘하다.

영남루 건너편의 객사 천진궁(경남도지정유형문화재 제117

남천강 굽이쳐서 영남루를 감돌고
벽공에 걸린 달은 아랑각을 비추네.
아리 아리랑 쓰리 쓰리랑 아라리가 났네
아리랑 고개로 날 넘겨주소.

호)에는 단군을 비롯해 각 왕조의 시조 위패를 모시고 있는데 일제강점기에는 독립군들의 감옥으로 사용됐다고 한다. 이곳에서 죽어간, 또는 힘없는 나라를 생각하며 통탄의 눈물을 흘렸을 이들의 넋이 오래 남을 꽃으로 산화됐는지 영남루 주변으로 비 온 후에 그 모양이 선명하게 드러난다는 석화(石花)가 산발적으로 분포되어 있다.

「이별의 부산정거장」, 「굳세어라 금순아」, 「비 내리는 고모령」 등의 작곡가 박시춘 선생의 옛집이 영남루 건너편에 위치하고 있다는 사실도 새롭다. 선생의 집 터 주변에 아기자기하게 피어 있는 꽃들이 따스한 고향의 봄을 느끼게 한다.

밀양역 광장에서 보았던 「밀양아리랑」의 가사를 이곳에서 다시 본다. 아랑각으로 내려가는 길 초입에 「밀양아리랑」 비석이 또 다른 모양으로 세워져 있다. 조금 전에 본 밀양 아리랑 가사를 다시 흥얼거리며 아랑에게로 발걸음을 돌린다.

밀양강 가 대나무 숲속에 세워진 아랑사 앞에 커다란 느티나무가 서 있다. 남성을 상징한다는 느티나무의 둘레가 한 아름이 훨씬 넘어 보인다. 정순문을 통해 밀양부사의 딸이었던 아랑의 영정을 모신 사당으로 발길을 옮기는데, 길 가장자리에 잔잔하게 피어 있는 보라색 들꽃이 어린 소녀처럼 애잔하게 보인다.

사당 안에는 그날의 상황을 재현한 그림과 단아한 아랑의 영정이 중앙에 그려져 있다. 어려서 어머니를 잃고 유모 밑에서 자라 채 피지도 못하고 가버린 규수에 대한 안타까운 사연이 먼 후대

에까지 전해져 보는 이들의 마음을 애처롭게 한다. 세상 모든 만물이 이유 없이 생겨나고 피지 않을 터. 그 연유를 찾는 것이 이승에 온 까닭일진대…. 사위는 침묵 속에 잠겨 고요한데 사당 앞의 분홍색 동백꽃이 멀리 정순문 지붕 위에 내려앉은 빛바랜 잎사귀와 눈을 맞추며 바람에 몸을 놀리고 있다.

어느새 밀양전통시장이 위치해 있는 시내 한복판으로 나오자 포졸들이 보초를 서고 있는 특이한 건물이 보인다. 그냥 지나칠 수 없어 발길을 멈추는데 일렬로 늘어선 비석 앞의 의자와 잔디 위에 네댓 명의 남자들이 누워 있다. 너덜거리는 신발을 아무렇게나 벗어놓고 남루한 차림의 행색으로 널브러져 있는 노숙자들이다.

안내문에 의하면 조선 초에 건립된 밀양 관아지(경상남도 기념물 제270호)는 1592년 임진왜란으로 전소된 후 1612년 밀양부사 원유남에 의해 다시 건립됐다가 일제강점기인 1927년에 철거됐다고 한다. 그러다가 90여 년 만인 2010년 4월에 옛 모습으로 복원됐다고 한다.

높고 낮은 현대식 건물들 사이로 수많은 자동차와 사람들이 오가는 도심 한복판에 들어선 옛 관아의 모습이 신기하기만 하다. 조선시대 부사와 관찰사들의 선정을 알리고자 밀양의 백성들이 세운 19개의 선정비 앞에 시위라도 하듯 누워 있는 사람들 옆으로 요란한 총선 현수막이 걸려 있다. 으레 드넓은 광장을 노숙자들의 쉼터로 생각하는데 도심 한복판 관아 앞에 누워 있는 그들의 속내가 궁금하다.

경제가 엉망이고 사는 사람도 많이 줄었고 대낮에 동헌 앞에 백성들이 누워 있는 장안의 사정을 소상히 알고 있는지 사또를 배알하기 위해 계단을 오른다.

주출입구에서 보초를 서는 포졸 형상의 인형은 요상한 차림새의 여인네가 흘깃거려도 관심 없는 듯 말이 없다. 출입구 안으로 들어서자 '근민헌(近民軒)' 현판 아래 부사가 근엄하게 앉아 있다. 위엄이 넘치는 부사의 모습을 일개 백성이 오래 바라볼 수 없어 마음만을 전하고 돌아선다. 아랑의 억울함을 풀어줬던 부사처럼 현명하고 지혜로운 수령이기를… 동헌 앞에 누워 있는 백성들을 굽어 살필 줄 아는 따뜻한 마음을 가진 원님이기를….

별실인 '납청당(納淸堂)' 과 관리의 자식들이 공부하던 '매죽당(梅竹堂)' 을 둘러보고 나서는 길, 동헌 마당 앞에 서 있는 300년이 훨씬 넘었다는 회화나무가 멋진 자태로 오랫동안 눈길을 붙든다.

관아지 앞의 도로에는 여전히 오가는 차들로 북적이고, 살아 있다는 증거인 욕망을 잊어버리고 길거리에 누워 있는 사람들은 자동차의 클랙슨 소리에도 끄떡없이 잠을 자고 있다.

무욕망의 삶으로 널브러진 영혼들을 일으켜 세우려는 듯 또 다시 세찬 바람이 분다.

일어나라, 모든 생의 욕망을 내려놓은 영혼들아, 달라붙은 온갖 분진을 바람에 훌훌 날려 보내고 몸을 일으켜라.

지금은 피부에 와 닿는 한기에 옷깃을 세우고 부는 바람 소리에 장단을 맞춰 살아보겠다는 다짐의 노래를 불러야 할 때.

모질고 대차게 밀어내도 한결 같은 마음으로 신애 뒤를 지키던 종찬이처럼 숨어 있는 햇빛이 있다는 걸 알아채야 할 때.

새롭게 시작하려는 신애의 잘려나간 머리카락을 쓸고 간 바람 위에 내리쬐던 햇빛을 믿어야 할 때.

바람 뒤에 숨어 있는, 곧 뜨겁게 내리쬘 비밀스러운 햇볕이 느껴지는 이 봄날!

아랑의 억울함을
풀어줬던 부사처럼 현명하고
지혜로운 수령이기를…
동헌 앞에 누워 있는
백성들을 굽어 살필 줄 아는
따뜻한 마음을 가진
원님이기를….

# 지극함에 대한 소고

아직 제대로 된 독한 여름이 오지도 않았는데 북천역은 벌써 가을이다. 온통 분홍색으로 단장한 북천역사 벽면에 피어 있는 코스모스, 그 꽃에 앉은 잠자리. 이쁜이 곱분이가 나와 반겨주지는 않지만 영락없이 농부처럼 밀짚모자 쓴 역장님을 만날 수 있는 북천역(경남 하동군 북천면 직전리 583. 1968년 2월 7일 영업 개시)을 찾은 것은 순전히 인근의 Y 시인을 만나기 위해서였다.

시를 읽고 그 시를 쓴 시인을 만나고 싶다는 생각을 품은 지 오래. 드디어 소망이 이루어졌다.

L을 통해 Y 시인에게 연락이 닿았고 북천역과 인근의 둘러볼 만한 장소까지 소개받았다. 그런데 취나물을 취재하라는 이야기도 섞여 있었다. '어떤 나물이기에 취재까지 하라는 건지…' 몹시 궁금하고 의심스러웠지만 L과 J 우리 셋은 일단 나서기로

했다.

알록달록한 어느 신혼집 같은 분위기의 북천역 삼각 지붕 아래 북천역 명판과 함께 코스모스역이란 별칭이 붙어 있다. 벚나무와 소나무를 양쪽에 거느린 역사를 구경한 후 코스모스 핀 철길을 달리는 기차 사진이 걸려 있는 역사 내부를 둘러보고 플랫폼으로 향한다.

승강장으로 들어서자 철길 주변에 잔디처럼 깔려 있는 코스모스가 먼저 눈에 띈다. 부슬부슬 내리는 빗줄기와 흐린 하늘 아래 운무에 둘러싸인 먼 산을 배경으로 마치 푸른 안개처럼 철길 가에 코스코스 길이 펼쳐져 있다.

야실야실한 코스모스 줄기를 만지작거리는데 아침부터 내리기 시작한 가랑비에 약간은 어둠침침한 철길을 따라 멀리서 이마와 두 눈에 헤드라이트 밝힌 기차가 들어온다. 기차가 멎자 할머니 두 분이 내리신다. J가 달랑 두 분 내리네, 라고 말하며 동네 할머니인지 역무원과 반갑게 인사하는 그들 모습을 오래도록 바라본다.

사라지는 기차를 쳐다보던 시선이 사락사락 내리는 비를 맞으며 분주히 기찻길을 오가는 밀짚모자에 파란 작업복 입은 남정네에게로 옮겨간다. 역에서 일하는 사람일 것이라는 우리의 예상을 뒤엎고 역장님이시란다.

박창병 역장님에 의하면 2007년부터 시작된 코스모스 축제는 원래 악양 쪽에 주려던 아이템이었다고 한다. 대봉감을 비롯해 여러 가지 축제가 많은 악양 쪽에서 난색을 표하는 바람에 북천역에서 하게 됐다고 한다. 어쩌다 대역 맡은 배우가 자고 나니 유명인이 되었다고 하듯 코스모스 축제로 북천역은 하루아침에 유명역이 되었다. 축제가 한창 열리는 시기, 많을 때는 관람객이 70만 명 가까이 됐고 작년만 해도 50만 명이 다녀갔다고 한다.

코스모스 축제의 성공 요인은 여러 가지가 있겠지만 '경관직불제'의 시행이라고 하시는데 이는 꽃을 심으면 벼농사에 준하는 소득을 보장해주는 제도라고 한다.

플랫폼 건너 담장 쪽에 띠를 두른 작은 공간이 보여 용도를 묻자 퇴비를 뿌리지 않은 코스모스의 생장을 살피기 위해 역장님께서 직접 시험 재배를 하고 있는 중이라고 하신다. 이를테면 퇴비를 주는 꽃과 그렇지 않은 꽃의 수명을 비교하기 위한 시험 재배지인 셈이다. 성공하면 퇴비의 절약과 꽃의 수명을 늘리는 이중효과를 볼 수 있을 것이다.

코스모스에 골고루 물을 분사하는 모습을 보여주시겠다고 뛰어가는 역장님을 따라 바람개비가 힘차게 돌고 있다. 자신이 종사하는 일에 최선을 다하는 역장님의 모습이 참 멋져 보인다.

요시미라는 나무꾼과 소녀가 사랑을 이루지 못하고 각각 흰 꽃과 분홍 꽃이 되었다는 전설을 가진 코스모스. 순정과 애정이라는 꽃말처럼 아름다운 꽃을 피우기 위해 노력하는 역장님의 지극한 정성이 가을날, 분홍과 흰 코스모스 꽃으로 풍성하게 피어날 것이다.

북천역 역사와 철길

멀리 하늘 향해 촉을 세운 펜을
뒤로 하고 글쓰기의 고통을 상징하듯이
풍경 매달린 지붕에 고였던 빗물이
눈물처럼 똑똑 떨어지고 있다.

문학관에 도착한 우리를 맞는 곱슬머리 Y 시인의 눈빛이 선하다. 사람 가슴을 말로 푸욱 찌르고 아무렇지 않게 돌아서 가버릴 사람으로 생각했는데….

이병주 문학관의 사무국장으로 일하는 그를 따라 문학관 내부로 향한다. 중앙 천장의 원고지와 대형 만년필 모형이 제일 먼저 눈에 들어오는데 27년 동안 한 달 평균 일천여 매를 쓰면서 '기록자로서의 소설가' 라는 별칭으로 불린 작가의 상징물이라고 한다.

시계 방향으로 돌면서 관람할 수 있게 꾸며놓은 원형전시실은 전체 4구역으로 나뉘어 이병주 소설가의 삶을 들여다볼 수 있게 조성되어 있다. 원형전시실 가운데에는 『지리산』의 배경을 미니어처를 이용해 꾸며놓았다. 또한 한복을 입고 책상에 앉아 글을 쓰고 있는 선생의 형상이 전시실 한쪽에 자리하고 있다.

한 작가의 이름을 걸고 만들어진 문학관의 화려한 외형을 따라가지 못하는 전시실 안의 빈약한 느낌은 J와 L의 이야기를 들어보건대 나 혼자만의 생각은 아닌 듯했다.

그다지 알려져 있지 않은 멋진 곳을 소개해주겠다는 Y 시인을 따라 문학관을 나오는 길, 멀리 하늘 향해 촉을 세운 펜을 뒤로하고 글쓰기의 고통을 상징하듯이 풍경 매달린 지붕에 고였던 빗물이 눈물처럼 뚝뚝 떨어지고 있다.

소개해주겠다는 장소를 찾아가는 차 안에서 코스모스 축제 때 그곳을 연계하면 좋을 텐데, 라는 말을 Y시인이 몇 번이나 되뇐다. 그곳이 어디인지 궁금하기 짝이 없는 우리 세 사람.

당도한 곳은 직전마을. 과연 동네가 예사롭지 않다. '백산상회에 독립자금을 댔던 문영빈 선생의 생가 앞에 이르러 뱉었던 짧은 탄성이 대문 안의 몇백 년은 됨직한 커다란 목련나무를 보자 끊임없이 터져 나온다. 양팔 벌려 나무를 끌어안아 보는 L. 고택의 여기저기를 훑어보며 연신 우리 것의 좋은 점을 설명하는 J. 마음에 차는 멋진 풍경에 정신 못 차리고 어지러운 나.

누군가 사신다는 Y 시인의 말을 듣고 뒤쪽으로 돌아가니 문영빈 선생의 며느님이 되시는 박춘자 여사가 고운 모습으로 우리를 맞아주신다. 흙담을 타고 오르는 담쟁이넝쿨 위로 빗물은 떨어지고 멀리 안개 드리워진 산이 아득하기만 한데 고즈넉하고 정갈한 고택에 어울리는 자태를 지닌 분과의 자분자분한 대화가 정겹다.

고택의 마당을 거쳐 옆으로 걸어가자 몸체 붉은 홍송이 숲을 이루고 있다. 즉석 홍송 품평회를 가진 우리는 울타리 쳐진 대숲의 돌담을 감상하며 빗물 젖은 낙엽 길을 걸어 내려간다. 몇 걸음 걷지 않아 마을을 지나가는 철길과 만난다. 어디서고 애잔한 마음의 동요를 일으키는 기찻길이거늘 비오는 정경에 걸려든 풍경이라니….

2001년 제2회 아름다운 마을 숲 전국대회에서 우수상을 받은 숲답게 그 풍광이 빼어난 울창한 산림과 어우러진 기찻길에서 생전 찍지 않던 사진을 한 컷 남긴다. 염주를 만든다는 무환자 나무와 가운데가 묘하게 갈라진 엄나무, 초록 넝쿨이 몸체를 칭칭 감

자욱한 비와 구름으로 가려진 산,
아득히 멀어지는 기차, 남겨진 마을의 정경이
꿈결처럼 눈 안에 스며든다.

흙담을 타고 오르는 담쟁이넝쿨 위로
빗물은 떨어지고 멀리 안개 드리워진 산이 아득하기만 한데
고즈넉하고 정갈한 고택에 어울리는 자태를 지닌 분과의
자분자분한 대화가 정겹다.

은 고목, 집집마다 돌담이 아기자기하게 꾸며진 마을에 취해 서성이는데 저 멀리 기차가 선로를 따라 들어온다.

자욱한 비와 구름으로 가려진 산, 아득히 멀어지는 기차, 남겨진 마을의 정경이 꿈결처럼 눈 안에 스며든다.

"맷돌에 갈아 죽여!"

"조지서를? 어머 어머 어머!"

나와 L, J의 놀라 묻는 소리가 피순대를 먹는 선술집에 울려 퍼진다.

취재를 마치고 피순대를 파는 선술집에 모여 앉아 이런저런 이야기를 나누던 끝에 연산군의 스승이자 장원을 세 번이나 해 마을 이름을 삼장으로 붙여준 조지서 무덤에 관한 이야기를 Y가 꺼냈다.

"엉, 맷돌에 갈아 죽이는데 그 부인이 남편이 그래그래 죽는다는 전갈을 받았을 거 아냐."

놀라 말없이 Y의 말을 듣는 우리 세 사람. 그의 말이 이어진다.

"시신을 갈아 이미 한강물에 버렸기 때문에 없잖아. 그러니까 조지서 부인이 한강물에 치마를 적셔!"

아무런 감정도 담기지 않은 말투로 이야기를 이어가는 Y.

"그 치마를 가지고 와서 무덤을 만든 거야. 그게 치마무덤이야."

이 순간 머릿속을 스쳐지나가는 지극함이란 단어.

기막힌 사연을 안고 있는 치마무덤을 왜 가지 않았느냐고 내가 원망을 늘어놓자 Y 시인은 L에게 분명히 전했다고 말한다.
치마무덤을 취재하라는 이야기를 취나물로 알아들었다고 L이 해명하자 자신의 구강구조가 안 좋다고 바로 편드는 Y 시인.
청력이 안 좋고 구강구조가 안 좋은 두 사람 때문에 좋은 취재를 놓친 나는 마음이 불편하다.
내 마음을 아는지 모르는지 지금이라도 가자느니 못 간다느니 술 투정하는 남정네들을 바라보다 어둠을 뚫고 가게 앞 도로를 쌩쌩 달리는 자동차로 눈길을 돌린다.
아름다운 꽃을 피우기 위해 기찻길을 분주히 오가며 노력하는 역장님, 남들과 다른 삶의 경계에서 시를 끌어올리기 위해 오늘도 마음이 분주한 Y 시인, 그가 들려준 남편에 대한 아내의 지극한 사랑으로 만들어진 치마무덤. 아 삶의 지극함들이여!
지극히, 아주 지극히 아름다운 여름밤이 깊어가고 있다.

북천

# 3부

## 역,<br>풍경과<br>시간

# 잘 지내시나요?

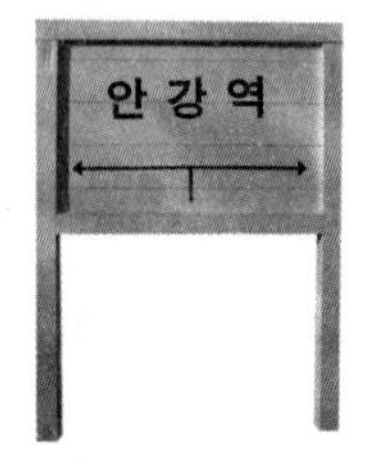


"오늘 날씨 참 좋죠?"

'편안하다' 는 글자가 두 개나 붙은 역답다.

신라 경덕왕 때 주민의 평안을 기원하는 뜻에서 '안강(安康)이라 지었다는 지명을 따라 이름 붙은 역(경북 경주시 안강읍 안강1리 433-1. 1918년 11월 1일 철도 업무를 개시) 안에 정겨운 인사말을 권하는 게시판이 걸려 있다. 일상의 소소한 대화를 뜻한다는 '스몰 토크'. 날씨, 안부, 배려의 짧은 한마디로 고객과 소통할 수 있는 창구를 마련한 역이 정겹게 느껴진다.

멋들어진 각종 나무와 기와집, 초가가 어우러져 향수를 자극하는 양동마을이 근접해 있고 너른 벌판이 펼쳐진 지형 탓인지 안강역은 어느 한적한 시골 역 느낌이 물씬 풍긴다.

기차 기다리는 승객들을 위해 책과 원탁, 무지개 색 입은 긴 의자를 비치해놓은 역의 내부가 단정하고 깔끔하다. 역사 안에 시화 몇 점이 걸려 있는데 정채봉 시인의 '만남' 이란 시가 눈에 띈다. 비린내 나는 생선과 같은 만남도 아니고 시들면 버리는 꽃송이 같은 만남도 건전지, 지우개 같은 만남도 아닌 땀과 눈물을 닦아주는 손수건과 같은 만남이 가장 아름다운 만남이라는 익숙한 시. 기차 타고 오는 누군가를 마중하고 떠나는 이를 배웅하던 이곳에서 이루어졌던 많은 만남들도 그런 아름다운 만남이었으리.

낯선 곳에서 만나는 웃는 얼굴과 친절한 모습은 유난히 고맙고 반갑다. 하루 총 20여 회 여객 운행을 하고 있다는 안강역의 이재용 역장님이 역의 주요일지가 적힌 인쇄물을 건네주면서 물음에 친절하게 답해주신다.

플랫폼으로 나가는 출입문 앞에 괴목 두 개가 가지런히 늘어놓은 화분과 묘한 조화를 이루고 있다. 오래 매만지고 다듬어놓은 정성 깃든 어울림으로 여겨진다. 손이 많이 가는 낮은 화분들 한쪽으로 훌쩍 키 큰 히말라야시다가 혼자 서 있다. 동떨어져 있어 마음 쓰이는 것은 홀로 서성이는 사람이나 사물이나 마찬가지. 그 아래 안강역 명판은 몇 발짝 떨어진 위험 표지판을 외면하고 건너편 자신의 모습 닮은 역명판을 마주 보며 서로 안부를 묻는 것 같다.

열차 들어온다는 안내 방송에 먼 곳으로 눈길을 돌리는데 철로변의 여리고 순한 연두색 잎사귀와 엷은 분홍 꽃이 눈길을 채 간다. 불들린 눈길이 봄빛에 휩싸여 짧은 순간 호사를 누린다.

줄지어 선 가로등의 호위를 받으며 서서히 플랫폼을 향해 들어온 기차가 몇 안 되는 승객을 태우고 쏜살같이 사라진다. 기차 지나간 자리, 내색 없이 은빛으로 야물어가는 철로 등을 햇빛이 다독인다.

안강역을 벗어나 동방의 다섯 현인 중 한 사람이며 조선중기의 성리학자인 회재 이언적의 흔적을 더듬어 가는 길, 너른 들판과 도로, 산비탈 여기저기가 파헤쳐져 있다. 파괴와 개발의 구덩이가 없는 곳은 존재하지 않는지. 지난 시간을 고스란히 품고 있는 속살로 불온한 손길이 침범하지 못하도록 허리끈을 단단히 동여매고 그 이름처럼 안강이 편안했으면….

시간이 멈춰 있는 곳으로 가는 동안 머릿속에서 맴돌던 생각이 회재의 학문과 덕행을 기리기 위해 선조 5년 경주 부윤 이제민이 창건한 옥산서원(사적 제154호) 여기저기를 둘러보는 동안 소리 없이 사라진다.

마당을 가운데 두고 유생들의 휴식공간인 무변루를 마주 보고 있는 본체 구인당, 그 좌측으로 젊은 유생들이 학문을 닦았다는 암수재가 그림자를 길게 드리운 민구재를 바라보며 서 있다. 단청으로 분칠하고 ㅁ자형으로 둘러앉아 서로 눈을 맞추고 있는 누각들을 휘둘러보는데 기와지붕 위로 키 큰 소나무들이 마당 안을 기웃거린다.

옥산서원의 제사를 지내는 제향 영역을 일별하고 지근지처에 위치하고 있는 경청재(이언적의 후손들이 세운 집)와 독락당(보물 제413호)으로 걸음을 뗀다.

경청재와 독락당(경북 경주시 안강읍 옥산리 1600-1)으로 들어가는 솟을대문 앞에 아직 봄빛을 떼지 못한 벚꽃나무가 대문 기와를 다 덮을 듯 가지를 허공에 펼치고 있다.

대문을 지나고 마당을 통과해 흙담을 거치면서 이르게 되는 누각으로의 행보가 바삐 가는 시간을 따르지 않아 마냥 여유로운 오후.

모두들 자연스럽게 뒷짐을 지고 걷는다.

살림집으로 사용하고 있는 경청재와 달리 외부인의 출입이 자유로운 독락당을 가는 길목, 담과 담 사이 비스듬하게 누워 자란 특이한 소나무가 지나는 객들의 눈길을 사로잡는다. 통제 속 자유로운 나무의 모습이 신묘하게 느껴진다.

중종 27년(1532년)에 벼슬을 그만두고 이곳으로 내려와 회재가 지었다는 사랑채 누각 '독락당' 이 '옥산정사' 현판을 나란히 달고 있다. 단을 올려 지은 누각과 달리 마당 높이에 맞춰 세운 모습이나 누각 측면의 답답한 벽을 헐고 나무 창살을 만들어 계곡물 흘러가는 모양을 직접 볼 수 있게 만든 특별함이 돋보인다.

창살문 달린 벽을 지나 제일 안쪽으로 들어가니 한석봉의 필체라고 전해지는 계정(溪亭)이라 이름 붙은 또 하나의 정자가 나타난다. 관어대(觀魚臺)라는 바위 위에 올라앉은 계정은 곁의 계곡에 더 가까이 닿게 하려는 의도인지 난간과 몸체를 밖으로 돌출

되게 지었다. 논어, 굴원의 시구를 인용해 지은 영귀대, 탁영대, 마음을 씻고, 맑게 한다는 세심대, 징심대 등 저마다 이름 붙은 바위와 흐르는 계곡물, 계절 따라 옷 바꿔 입는 나뭇잎과 고목에 와서 우짖는 새소리를 그대로 들일 듯 누각은 몸을 한껏 밖으로 내밀고 있다.

喜聞幽鳥傍林啼 新構茅簷壓小溪
獨酌只邀明月伴 一間聊共白雲棲
숲 속의 새소리 듣기 좋아하여
시냇가에 띳집 하나 오뚝 얽었네.
홀로 술 마실 때 밝은 달 모셔오고
한 칸 집에 흰 구름 더불어 산다오.

–이언적, 「계정(溪亭)」 부분

이 누각에서 읊었을 '계정' 이란 시의 한 부분이 관직에서 밀려나 자연과 벗하며 지냈던 그의 모습을 떠올리게 한다. 이른 나이에 성리학을 확립하고 많은 이들에게 둘러싸여 촉망받던 회재가, 내몰린 후 이곳에서 느꼈을 아름다움이 '독락' 이라는 쓸쓸한 누각 이름에 가닿는다.

사계의 제각기 다른 고운 경치를 함께 나눌 이 없어 홀로 즐겼을 주인은 간데없고 객들만, 멈춘 풍경과 시간에 갇혀 물색없는 꿈을 꾼다.

옛 시간으로의 짧은 여행, 내친걸음 애틋한 사랑 간직한 흥덕왕릉(사적 제30호. 경주시 안강읍 육통리 산 42)을 찾아간다.

능의 초입 활짝 핀 노란 개나리가 외곽의 동네를 화사하게 밝힌다. 왕릉으로 가기 위해 숲속으로 걸어 들어가자 하늘을 온통 잎으로 가린 뒤틀린 몸피의 소나무 군락이 장관을 이루고 있다. 마치 피리 부는 사람의 음률에 맞춰 춤을 추며 승천을 꿈꾸는 이무기들 같다.

구부러지고 꼬인 몸을 눕힌 특이한 소나무 숲을 벗어나 벌판에 이르자 반쯤 떠오른 둥근 달처럼 신라 제42대 흥덕왕릉이 보인다. 앞쪽의 서역 인을 닮은 무인석과 문인석을 지나 능 가까이에 이르니 네 모서리에는 돌사자를, 왕릉 주위에는 12지신을 울타리 처럼 설치해놓았다.

즉위 직후 왕비가 죽자 신부를 다시 맞지 않고 아내를 그리워 하다 이 세상을 떠나면서 합장을 명했다는 홍덕왕.

'하늘에다 대고 이 세상에서 제일 큰 소리로 당신이 보고 싶다 고 외칩니다. 그랬더니 둥근달이 떠올랐어요.'

떠오르는 둥근달처럼 봉긋한 합장묘를 보자 안강역에 붓글씨 로 써서 걸어놓은 글귀가 생각난다. 하늘에 대고 남몰래 보고 싶 은 아내를 불렀을 홍덕왕은 천상에서 그리던 왕비를 만나 웃고 있을까.

경주의 최해춘 시인이 '사랑아 저 세상까지' 라는 시에서 노래 한 것처럼 '능 위의 저 풀꽃이 편안하게 피는 것은 가신 님 용안 에서 퍼지는 미소' 일 것이다.

이들의 사랑을 믿는 사람들은 홍덕왕릉을 찾아 상석을 문지르 며 부부 사이가 좋아지길 빈다고 한다. 왕릉 주위를 나란히 서서 맴돌고 있는 부부의 아름다운 모습 뒤로 석양이 지고 있다.

시간아 멈춘 듯한 안강의 품안을 돌아 읍을 벗어나려는 찰나, 전화기 진동으로 전해오는 지인의 호출에 오늘의 안부를 전한다.

"잘 지내시나요? 참 좋았던 시간, 이렇게 저물어가네요."

# 잃어버린 시간

"시간이 무슨 소용이냐, 어차피 하루 24시간 사는 건 똑같은 거 아니냐."라는 대답에 그날의 발제자가 발끈했다. 표준자오선에 의해 적용되는 표준시가 일본의 교토를 지나는 동경(東經) 135도에 맞춰져 있어 실제 동경 127도 30분의 우리나라는 30분이란 시간을 잃어버리고 산다는 말에 듣고 있던 한 사람이 의외의 발언을 했던 것이다. 일본문화에 대한 장단점을 토론하는 자리에서 흘러나온 잃어버린 시간에 대한 이야기였다. 그날의 격렬했던 토론장에서 결론이 났던가. 기억이 가물가물하다. 하루 24시간을 사는 건 어차피 같은 것이라고 생각하는 사람의 의식을 비롯해 잃어버린 것이 어찌 시간뿐이겠는가.

충렬의 고장 동래역을 가는 길에 무심코 오래전 토론장의 모습이 떠오른다.

플라타너스가 양쪽으로 늘어선 도로. 손바닥 모양의 잎을 펼쳐 만든 그늘로 먼 길 가는 이들이 잠시 쉬어 갈 자리를 내주었을 가로수 길을 지나 막다른 길 끝에 동래역(동래구 낙민동 123. 1933년 7월 15일 보통역으로 영업 시작)이 자리하고 있다.

1930년대 일본 건축 양식으로 세워진 역사 앞에 둥그런 원을 그리고 쇠기둥을 세워 영역 표시를 해놓은 광장이 소박하게 느껴진다. 광장 앞에 서 있는 빨간 우체통과 역을 마주 보고 있는 역전 슈퍼, 그 사이로 난 작은 골목들, 언젠가 한번 본 듯한 풍경이자 잊힌 기억 속의 모습들이다. 정자 앞에 자전거를 세우고 한담을 나누는 초로의 할아버지들과 잎사귀로 역사 지붕을 부여잡고 있는 듯한 비스듬하게 자란 향나무를 일별하고 역사 안으로 들어간다.

한지 바른 창을 연상시키는 독특한 전등 달린 역사 내부에 동래의 변천 과정과 옛 모습, 문화축제 등을 소개한 사진과 설명이 걸려 있다.

'임진왜란 시에는 군 · 관 · 민이 나라를 위해 목숨을 바치고 일제강점기 때는 수많은 독립 운동가를 배출한 유서 깊은 고장.' 역사와 충절의 고장 동래라는 닉네임에 어울리는 기록에 눈이 오래 머문다.

동래의 옛 자취가 담긴 사진 맞은편에 신동래역 개요와 해저터널을 연상시키는 미끈한 조감도가 보인다. 조감도에 잠시 머문 눈길이 플랫폼 출입문 너머 철길로 내달린다. 곧 사라질 것에 대한 부질없는 애상이 눈길에 섞이는 찰나 승강장으로 옮겨가는 발길이 바빠진다.

플랫폼 출입문을 열자 역사 맞은편의 공사 현장이 눈앞을 막는다. 신동래역사 축조를 위한 공사가 한창이다. 현재의 역사와 새롭게 들어설 역사 사이에 놓인 두 개의 철로가 골목 안에 갇힌 듯하다.

내 눈길이 나란히 누운 두 개의 철로를 따라 달린다. 선로의 한쪽이 휘어지며 하나로 모아지는 지점에 시선이 멈추자 일순 시간도 멎는 듯하다.

1940년 11월 23일 부산학생항일의거였던 노다이 사건('경남전력증강국방대회'로 이름 붙은 학생 체력 테스트 장에서 심판장 노다이가 일본인학교가 우승하도록 편파적인 점수를 준 것에 항의한 사건)에 연루된 동래고 학생들이 부산진 경찰서로 수감되기 위해 포승줄에 묶인 채 열차를 타던 곳.(안대영 동래고 역사관 관장의 기록)

일제에 의해 수탈된 학교의 종과 동래시장 놋그릇 제기를 부산항으로 실어 나르던 장소이며 학도병과 징용에 차출된 이들이 「동래행진곡」을 부르며 부모형제와 이별했다는 역에 기차 들어온다는 안내 방송과 함께 국민의 철도 코레일~ 하는 로고송이 울려 퍼진다.

현실과 지난 시간의 틈을 메우는 멜로디를 들으며 충렬의 고장, 그 현장을 보기 위해 역을 벗어난다.

언제나 마음은 발걸음을 앞서고 발걸음은 마음을 이기지 못하는 법.

지척을 가리키는 역사광장 앞의 동래패총 이정표에 가는 마음이 충렬사(시도유형문화재 제7호. 부산 동래구 안락동 838)로 향하던 발걸음을 낚는다.

동래패총 가는 길, 이름도 예쁜 수민건널목 가에 옹기종기 심어놓은 텃밭의 푸성귀와 싸안을 듯 휘어진 철로에 마음이 감겨드는 것 같다.

사적 제192호인 동래패총(부산광역시 동래구 낙민동 100-1 일원)은 철기시대에 살았던 사람들이 조개를 잡아먹고 버린 조개무지인데 발굴된 시루, 쇠도끼, 쇠낫, 어패류는 박물관으로 옮겨지고 낮은 성곽으로 둘러싸인 내부에는 잡초만 무성하다.

옛 사람이 남긴 풍경과 시간을 더듬어볼 수 있는 여지의 공간.

더께 입고 묵혀 있던 세월들이 무성한 잡초 위에 곧 부서질 상상의 집을 수없이 짓는다. 잃어버린 풍경과 시간에 빼앗긴 마음을 충렬사로 향하던 발걸음이 다잡는다. 충렬사(1592년 임진왜란 때 부산 지방에서 왜적과 싸우다 순절한 호국선열의 영령을 모신 사당) 초입의 높이 치솟은 탑이 본전(本殿)을 보기도 전에 마음을 묵중하게 만든다. 하늘에서 내리 꽂히는 외줄기 빛처럼 세워진 탑을 떠받친 받침돌 위에 임란 당시 전투 상황을 재현한 6인이 조각되어 있다. 군도를 높이 들고 앞선 갑옷 입은 장수, 깃발 든 병사, 횃불을 들거나 활을 쏘는 평민, 화살을 건네주는 여인, 지위고하와 남녀노소를 불문하고 힘을 합쳐 나라를 지키고자 했던 충렬의 기백이 느껴진다.

충렬사는 1605년(선조 38년) 임진왜란 때 순절한 동래부사 송상현 공을 받들기 위하여 동래읍성 남문 안에 송공사를 지어 위패를 모시고 매년 제사를 지낸 것이 모태가 되었다고 한다. 그 후 1624년 부산진성에서 순절한 충렬공 정발을 배향하였고 1736년 별사에 모셨던 양산군수 조영규, 동래교수 노개방 등 9의사(義士)를 합향하였으며 1772년 다대첨사 윤흥신 공을 추배하였다. 1978년 확장 정화하여 부산지방에서 순절한 93위의 위패를 봉안하고 매년 5월 25일 시 주관으로 제향을 올리고 있다고 한다.

반달 모양의 둥글둥글한 나무들과 희귀한 거목들이 즐비한 충렬사 안으로 들어서자 동래부사 송상현 공의 명언이 새겨진 전사이가도난(戰死易假道難, 싸워서 죽기는 쉬워도 길을 빌려주기는 어렵다) 비가 오른편으로 자리하고 있다. 임란과 동래부사 송상현을 거론할 때 빠지지 않고 등장하는 유명한 문구 앞에서 범인(凡人)은 감히 헤아릴 수 없는 숭엄한 결의를 엿본다.

본전(本殿)인 충렬사를 가기 위해 외삼문을 오르려는 순간 계단 옆의 나무에 홀려 발걸음을 멈춘다. 커다란 버섯처럼 생긴 소나무의 줄기마다 연둣빛 길쭉한 새순이 돋아나 있는데 촛불을 받쳐 든 형상이다. 바위도 뚫고 뿌리를 내린다는 소나무가 받쳐 든 촛불의 염원은 목숨 바쳐 나라를 지키고자 했던 마음처럼 영원한 나라의 평안일 것이다. 소나무의 소망이 한낮의 태양 아래 쑥쑥 자라는 듯하다.

부산진순절도, 동래부순절도, 부산분전순국도, 다대진성결전도 등 임진왜란 당시의 생생한 전투 상황을 보여주는 커다란 기록화와 고서, 갑옷 등을 전시하고 있는 기념관을 지나 의열각에 이른다.

이 사당에는 동래성에서 기왓장을 던지며 왜적과 싸웠던 두 의녀와 송상현 공과 정발 장군을 따라 순절한 금섬, 애향의 위패가 모셔져 있다. 여성들을 모신 사당답게 화단에 자줏빛 꽃이 활짝 피어 있는데 치렁한 잎사귀 아래 뚝뚝 떨어진 꽃잎이 그녀들의

손을 굳게 잡은 듯 줄기가 엮인 두 그루의 소나무가
충렬사를 보호하고 있는 것처럼 느껴진다.

눈물인 양 처연하고, 향로에서 피어오르는 한숨 같은 연기는 바람타고 허공으로 흩어진다.

향내 가시지 않은 길을 벗어나 선열 89위를 모신 충렬사 본당에 닿는다. 한지 바른 문 안쪽에 정면과 좌우측을 둘러 위패가 모셔져 있다. 상석에 동래부사 송상현, 부산진첨사 정발, 다대첨사 윤흥신 3인의 충렬공이 자리하고 있다.

부산진, 동래부, 다대진, 부산포해전에서 순국한 이름 없는 이들이 차지한 두 번째 위치와 성이 없는 노비 출신 철수, 매동, 용월의 위패.

생전에 자리를 함께하지 못했던 이들의, 죽음의 공간 충렬사는 지위고하를 떠나 나라를 사랑하는 일념만으로 뭉친 영혼들이 함께하는 살아 있는 장소다.

발길을 돌려 '임란 동래 24공신 공적비' 를 보기 위해 숲길로 접어든다. 청설모가 나무와 나무 사이를 오가고 하늘 덮은 울창한 산림 속을 걷는 이들이 내 옆을 스쳐 지나간다.

줄기가 허공에서 만나 얽힌 나무 사이로 89위의 위패를 봉안한 충렬사 본당 건물이 보인다. 손을 굳게 잡은 듯 줄기가 엮인 두 그루의 소나무가 충렬사를 보호하고 있는 것처럼 느껴진다.

숲길에 숨겨진 듯 세워진 '임란 동래 24공신 공적비' 를 둘러보고 내려서는데 키 큰 나무의 초록 잎사귀에 싸인 비석이 이름으로만 남은 그들의 기개처럼 청청해 보인다.

귀가를 위해 충렬사 입구로 내려오는 길, 나무에 둘러싸인 아름다운 연못이 나타난다.

바람에 흔들리는 물결과 물풀, 커다란 잉어와 노니는 물에 잠긴 나무 그림자, 햇빛 받아 반짝이는 초록 잎사귀. 가벼운 계절의 풍경과는 달리 충렬사와 버금가는 이름을 가진 의중지(義重池) 주위에 산책 나온 이들이 옹기종기 모여 담소를 나누고 있다. 한가롭고 평화로운 풍경이다.

조금 전 기념관에서 보았던 임진왜란 당시의 전투 상황을 재현한 기록화와 한가롭고 평화로운 의중지 풍경화 사이의 간극을 잃어버린 우리들. 많은 세월 쌓이고 쌓인 잃어버린 30분을 품고 멀리 충렬사의 본당이 우리를 고요히 내려다보고 있다.

## 달의 축제 혹은 영화 같은

하마터면 그냥 지나칠 뻔했다. 도로변의 좁은 골목 앞에 월내역 표지판이 걸려 있다. 골목을 따라 몇 걸음 들어가니 자동차 서너 대가 주차된 광장이 나타난다. 비좁은 길 끝에 나타난 월내역 광장이 갑자기 부풀어 오른 풍선처럼 신기하다. 한 사람 정도 지나갈 골목 안쪽에 역사가 있다니…. 동해남부선의 역사들은 종종 이렇게 사람을 놀라게 한다.

광장 끝, 뒤쪽으로 무언가를 숨긴 듯한 소나무 몇 그루가 포진해 있고 1980년 6월 21일 준공되었다는 월내역(부산광역시 기장군 장안읍 월내리 142. 1935년 12월 16일 배치간이역으로 영업 시작. 1945년 보통역으로 승격하였고 2008년 1월 15일 무배치 간이역으로 격하) 역사 건물이 코앞의 업소들을 마주 보고 서 있다. 월내역의 왕년을 짐작게 하는 은하수다방, 역전다방, 역전PC방의 흔적.

이름에 걸맞게 달과 별이 선팅되어 있는 은하수다방 유리 출입문에 '영업중' 이란 팻말이 붙어 있다. 문을 밀어본다. 움직이지 않는 문 틈새로 보이는 실내엔 몇 가지 세간이 보일 뿐 사람의 흔적은 없다.

소나무 울창한 광장 끝으로 다가가니 조붓한 길 아래 화려한 단청의 사당이 보인다. 사당의 키를 훌쩍 넘어 보호수 나뭇잎이 지붕을 덮고 있다. 두 갈래로 갈라진 나무줄기를 의지해 초록 넝쿨이 하늘로 오르고 있고 사당 옆 낡은 벽에는 낙서처럼 덩굴 줄기가 사방으로 뻗어 있다.

사당 건너편, 그냥 지나칠 수 없는 또 하나의 커다란 나무로 눈길이 옮겨간다. 평탄하게 보낸 세월이 아니었음을 증명하려는 듯 울퉁불퉁 희귀한 모양의 몸체를 가진 거목이다. 허공에 드리워진 줄기마다 틔운 잎들이 그늘을 만들고 있다. 나무 밑의 그늘은 필시 누군가를 기다리던 표시 같다. 나무에 기대서서 그리운 사람과의 만남을 고대하던 누군가의 체온을, 그늘에 앉아 땀을 식히며 금쪽 같은 자식을 기다리던 어버이의 한숨을, 잊지 못하는 나무의 기억이 만든 쉼터. 칠 벗겨지고 이끼 낀 담장과 등피에 상처 입은 거목들이 시간을 먹고 자라 연출한 풍경이다.

말없고 무뚝뚝한 남정네처럼 별 장식 없이 조용한 역사를 둘러보고 플랫폼으로 향하는데 저 멀리 푸른 나무들에 둘러싸인 역명판이 보인다. 새 계절이 부려놓은 물오른 초록빛이 역명판을 휘

초록잎사귀에 쉽싸인 월내역 역명판과 한적한 역사

감고 있는 듯하다.

한때는 부산도시통근열차까지 운행되며 북적였던 월내역은 인적 없이 고요한데 기하학 무늬처럼 뻗은 S자 모양과 직선 철로 양 옆으로 여물기 시작하는 신록이 싱그러운 푸른 기운을 내뿜으며 소리 없는 아우성이다.

철길을 서성이다 홀로 적적하고 심심해 보이는 역사를 올려다본다.

광장에서 보던 직사각형 모양의 역사와는 달리 역명판 아래 여섯 쪽의 창이 속없이 시익 웃는 남정네의 입 모양 같다. 속없는 남정네를 탓할 겨를도 없이 파란색 역명판을 향해 달려오던 기차로 눈길이 옮겨가는데 열차는 '달의 안' 이란 예쁜 이름의 역을 외면한 채 지체 없이 사라진다. 멈추지 않는 기차를 시비 걸지 않는 건 속없는 남정네나 예쁜 이름 단 역명판도 마찬가지. 기차 지나간 고요한 철길을 한낮의 태양만 어슬렁거린다.

이름 때문인지 한낮의 태양보다는 둥근달이 둥실 떠오르는 달밤과 어울릴 것 같은 월내 마을을 지나 인근의 고리원자력발전소를 향해 가는 길.

의지할 곳 없이 허공에 매달린 현수막이 환절기 바닷가 거센 바람에 몸을 뒤채며 펄럭이고 있다. 몇백 미터 사이를 두고 여기저기 나붙은 현수막 문구에 불신과 분노의 주민들 마음이 그대로 드러나 있다.

한국수력원자력(한수원) 정문으로 통하는 긴 가로수길 옆으로

'ENERGY FARM' 을 이마에 붙인 고리원자력홍보관(부산 기장군 장안읍 고리 216)이 보인다. 화단에 수북하게 핀 붉고 흰 여린 꽃잎들과 홍보관 뒤쪽, 진녹색 나무 사이에서 막 돋기 시작하는 연초록빛에 빠졌던 마음이 수많은 송전탑 사이를 잇는 거미줄 같은 전선들과 무미건조한 조형물에 치인다.

전기가 되는 원리, 드럼통으로 쌓인 원자력 발전소의 폐기물 등 홍보관 내부를 둘러보고 나오는 길, 손수레가 자동차가 되고 가마솥이 전기밥솥이 되어 편리해진 생활상을 보여주기 위해 복원해놓은 1950년대 고리 지역 가정집이 머릿속에 오래 남는다. 호롱불과 댓돌 위에 가지런히 놓인 고무신 풍경이 더없이 따스하게 느껴지는 것은 불신으로 나 역시 마음이 닫혀서일까.

불, 도구, 가축, 바람, 증기, 동력, 전기로 발전되고 인간로봇까지 등장한 우리의 생활, 그래서 우리는 충분히 만족스러운가. 빨라지고 편안해진 나머지 부분은 행복으로 채워졌는가.

원자력 홍보관을 빠져나와 고즈넉하고 조용한 풍경의 사진 표지판을 따라 신리항을 품고 있는 마을로 들어간다. 소나무 사이 오솔길, 바람에 일렁이는 풀잎과 바위에 철썩이는 파도가 아름다운 신리마을 잔상이 가시기도 전에 조그만 항구 뒤쪽에 위치한 시멘트 무덤처럼 거대한 원자력 발전소 모습이 보인다.

도로 가장자리를 따라 설치된 차량 보호벽에 누군가가 쓴 '원발반대' 라는 글귀 위로 불현듯 일본 영화감독 구로사와 아키라의 영화 '꿈' 이 겹친다.

여덟 편의 옴니버스 중 여섯 번째 꿈인 붉은 후지산.

후지산이 폭발하고 6개의 핵발전소가 차례로 파괴되면서 원전이 방사능을 배출하기 시작한다. 사람들은 도망하느라 아비규환이다. 색깔별로 나타나 사람들을 괴롭히는 방사능. 원전 책임자는 원전이 안전하다고 했던 자신의 잘못을 통감하고 숨을 곳 없어 많은 이들이 몸을 던진 바다로 뛰어든다. 안개처럼 서서히 다가오는 방사능을 물리치기 위해 주인공은 옷을 벗어 휘두르고 핵으로 초토화된 도시에서 귀신처럼 살고 있는 사람들의 모습을 보여주면서 일곱 번째 꿈이 이어진다.

1990년 구로사와 아키라 감독이 만든 이 영화는 후쿠시마 사태가 발생한 후 예지몽의 영화로 많은 이들에게 회자되었다.

있을 수 없는, 있어서는 안 되는 영화 같은 일이 종종 일어나는 우리들의 삶.

하얀 구름 걸린 듯 아름다운 이팝나무 아래, 바람에 펄럭이는 수많은 이들의 함성과 '후쿠시마 사태 벌써 잊었나' 라는 소리 없는 외침을 간과해서는 안 되는 이유다.

'국민을 위한 원전인가, 국민을 해할 원전인가 수명 다한 1호기 즉각 폐쇄하라!!!' 월내어린이공원에 나붙은 현수막, 어른들의 행태를 어린아이들에게 알리는 것 같아 얼굴이 붉어진다.

저마다 사람들이 살아가는 방식과 희망은 다르지만 결국 보다 나은 처지와 쾌적한 환경을 물려주려는 살점 같은 자식을 위하는 어버이의 마음은 같을 터. 한수원의 전국적으로 만연해 있다는

강에 허리까지 몸을 담그고 재첩을 잡고 있는 사람들,
곡선 모양으로 길을 만들어 흐르는 강물,
노래하듯 몸을 살랑이며 나부대는 노란 유채꽃,
그 뒤로 그림처럼 지나가는 빨간 기차.
아름다운 영화의 한 장면 같은 풍경에 잠시 갈 길을 잊는다.

중고와 가짜 부품 비리 폐해는 결국 부메랑이 되어 내게로 또는 자손에게 돌아오지 않겠는가. 납득과 이해가 안 된다. 이 순간 오직 나만을 위한 삶을 사는 이라 해도 우리는 후손들에게 흠집 나지 않은 자연과 대대로 귀히 여길 유물을 물려줄 의무와 책임이 있다는 것을 잊었단 말인가.

작은 항에 고인 풍만하고 예쁜 달의 품 안에서 소박한 희망을 품고 사는 이들의 꿈을 생각하며 다른 곳과 달리 소나무 가로수가 즐비한 길을 따라 돌아오는 참에 보기 힘든 풍경을 발견한다.

강에 허리까지 몸을 담그고 재첩을 잡고 있는 사람들, 곡선 모양으로 길을 만들어 흐르는 강물, 노래하듯 몸을 살랑이며 나부대는 노란 유채꽃, 그 뒤로 그림처럼 지나가는 빨간 기차. 아름다운 영화의 한 장면 같은 풍경에 잠시 갈 길을 잊는다.

구로사와의 마지막 여덟 번째 꿈은 모든 악몽에서 벗어난 동화 같은 마을 이야기이다. 갖가지 색의 예쁜 꽃들이 피어 있고 온갖 새들이 지저귀는 물레방아가 도는 마을. 백 살을 넘게 산 노인은 자연과 순응하며 살아가는 삶을 강조하면서 지나가던 장례 행렬 속으로 춤을 추며 들어간다. 죽음까지도 자연의 한 부분으로 자연스럽게 받아들이는 마을은 축제에 휩싸인다.

종종 영화 같은 일이 일어나는 우리들의 삶.

구로사와의 여덟 번째 꿈이 예지몽으로 나타나는 날을 '꿈' 꾸어본다.

# 저 붉은, 무거운 추파

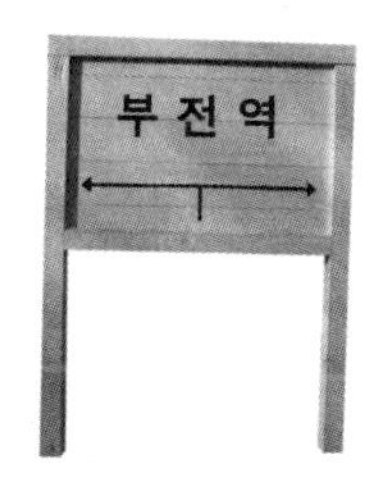


한낮, 무릎에 앉힌 여자의 가슴에 얼굴을 묻고 있는 남자, 품에 안긴 남자를 끌어안은 여자. 영화 포스터의 한 장면 같은 풍경을 본다.

손이 닿으면 금세라도 '퉁' 하고 소리 날 것 같은 수많은 꿀벅지를 만날 수 있는 곳. 탱탱한 웃음과 말들이 돋기 시작하는 잎사귀처럼 허공에 떠다니는 곳. '거기' 로 통하던 약속장소였던 동보서적이 사라진 곳, 먹고 마시고 쏟아내는 일에 심취할 수 있는 곳. 청춘에게 보내는 추파가 난무하는 서면에서다.

그렇다고 서면이 '퉁' 하고 '탱탱' 한 젊음만 있는 공간은 아니다.

도시철도 서면역 4번 출입구 옆, 시장 속 은밀한 그곳에 가면 청춘은 몰라도 되는 장소가 있다.

매표소로 들어가는 복도 유리창으로
중앙선 및 영동선, 그리고 경전선과 동해남부선의
시종착역 운행을 맡고 있는 역답게 복잡한 선로가 보인다.

서면역 4번 출입구 옆은 무심히 지나치기 쉬운 곳. 1963년 12월부터 1981년 7월까지 약 18년 동안 부산의 상징물로 사랑받았던 '부산탑' 의 모형이 세워져 있는 장소다. 부산이 직할시로 승격된 것을 기념하기 위하여 만든 조형물인 이 탑은 부산 지하철 1호선 공사가 시작되면서 철거되었는데 탑 위 상부의 'ㅂ' 자는 부산의 머리글을, 가로대 부분의 섬은 오륙도를, 중앙의 횃불 든 남녀 청동상은 부산의 영원한 번영을 상징한다고 한다. 부산탑이 서 있던 당시, 청동상의 남녀 모습처럼 생기 넘치던 어르신들은 이제 박물관 뜰로 옮겨간 청동상을 생각하며 모형 탑 아래 둘러앉아 가만가만 담소를 나누고 있다.

사라져간 시간을 기억하는 이와 흔적들은 휘황한 조명과 고층 건물이 나날이 늘어가는 거리에서 또 그렇게 새로운 풍경으로 시간을 키우고 있다.

부전역(부산 부산진구 부전1동 280-83)을 가기 위해 시장을 가로지른다. 장이 형성되지 않은 한적한 골목길을 지나쳐 시장 길로 접어들자 기억의 장터 부전마켓타운이란 커다란 현판 아래 아케이드로 새 단장한 시장이 펼쳐진다.

최신식 시설로 머리를 인 시장 안에 갇힌 기억은 '장터' 와 '마켓타운' 이 간직하고 있는 시간의 간극 어디쯤에 머물고 있는지…. 그 풍경 속으로 발을 뗀다.

반의 반값, 총정리, 폭탄 40% 세일 등이 쓰인 글자 사이를 넘나드는 "사 가이소!", "얼만교?" 등 홍정의 추파.

그 사이 넌지시 끼어드는 또 하나의 추파. ♬지금은 그 어디서 내 생각 잊었는가~ 꽃처럼 어여쁜 순이 순이야~~ ㅇㅇ콜라텍에서 흘러나오는 애타게 순이를 찾는 소리다. 지나는 행인 모두의 눈길이 한순간 콜라텍으로 향하고 돌리고 도는 구둣발을 상상하는 이들의 얼굴에 미소가 번진다.

시장의 끝자락, 민물고기가 대야에 즐비하게 담긴 거리가 나타난다.

한참 유행하는 핀컬파마에 기타 하나 둘러메고 캠퍼스를 누빌 때는 조용필도 부럽지 않았다는 의령민물 가게 사장님의 한때 꿈은 국가대표축구선수였다고 한다. 다니던 건설회사가 부도나는 바람에 모친이 몸담고 있던 이 시장에 들어와 가게를 시작하게 됐지만 큰 불만은 없단다.

드넓고 푸른 잔디 위에서 온갖 발재간을 부려가며 상대편 선수들을 제치고 골대에 볼을 넣었을 때 맛보는 짜릿함은 내가 최선을 다해 열심히 일하는 삶의 현장 그 어느 곳에서고 느낄 수 있는 것.

푸른 잔디 위나 시장의 길 위나 앞을 가로막는 삶의 분진들과 끊임없이 몸 씨름을 해야 하는 삶의 현장은 어디나 마찬가지. 부디 고운 부인과 함께 지난한 삶을 올곧게 지켜나가는 인생의 대표선수가 되길 바라며 시장을 빠져나온다.

다른 역과 달리 역사 모양도 출입구도 특이한 부전역(1932년 7월 15일 서면역으로 영업을 시작했다. 그 후 1943년 부전역으로 이름을 변경하였고 1945년에는 보통역으로 승격하였다.) 주위로 부전시장 건물과 주차장, 파출소가 에워싸듯 늘어서 있는 광장이 복잡하다. 시장과 서면이 근접해 있어 유동인구가 많은 지리적 상황이 그 복잡에 한몫하는 것이리라.

주변 풍경을 일별하고 출입구가 다소 좁게 느껴지는 계단과 에스컬레이터가 설치된 부전역사 안으로 들어간다.

매표소로 들어가는 복도 유리창으로 중앙선 및 영동선, 그리고 경전선과 동해남부선의 시종착역 운행을 맡고 있는 역답게 복잡한 선로가 보인다.

비교적 한산한 실내에는 자연광을 이용한 천장 창문 아래 맞이방에서 TV를 시청하며 기차를 기다리는 승객들이 앉아 있다. 야구 중계를 보느라 정신없는 그들을 뒤로하고 승강장으로 내려서니 플랫폼을 거의 다 덮을 듯 길고 넓게 드리워진 지붕 옆으로 새마을호가 대기 중이다.

경전선 방면과 동해남부선 상행 방향으로 타는 곳이 나누어진 부전역의 플랫폼을 돌아보며 서면로터리에서 자취를 감춘 부산탑처럼 지금은 사라진 동서통근열차와 도시통근열차를 생각한다. 그 시절 추억이 그리운 이들이 몸을 싣고 짧은 여행을 한다는 동해남부선의 기억도 이제 저 먼 시간 속으로 사라지고 나면….

몇 개월이 지나면 노후한 기종이 되어버리는 휴대폰처럼 가속도가 붙은 현대화의 생활 패턴을 우리 몸에 보존된 유전 정보가 따라가지 못하고 그 사이에서 우리 인류는 방황한다고 하던가.

빛을 향해 걸어가는 어둠의 길은 길지 않다.
어둠을 통과해 만난 빛 저편에 허물어져가는
또 다른 생의 현장이 놓여 있다.

유리 곽 속 커튼을 젖히면 빈 눈동자, 핏기 없는 입술이
내 지난 이야기 한 구절 들어보라고 금세라도 튀어나올 것 같다.
타향 땅에 발 딛은 외로운 나그네가 찬 손 맡기고 울던 사연을 들어보라고,
하룻밤 풋사랑에 저당 잡힌 순정을 아느냐고, 순이가 엘레나가 된 곡절을 아느냐고,
누군가… 내 옷자락을 붙잡을 것 같다.

현대화의 너울을 쓰고 기억의 장터라는 현판을 내건 시장, 빠름의 추파를 떨쳐버리지 못하면서도 느림의 미학을 그리워하는 행위가 그 증거다.

들어왔던 출입구 반대편으로 나가는 계단이 보인다. 가본 적 없는 길이다. 호기심이 발길을 부추긴다. 계단을 지나 좁은 길을 벗어날 즈음 눈 아래 넓은 터널 같은 다리가 나타난다. 딴 세상에 들어온 느낌이다.

기차 지나가는 철길이 길 위에 놓여 만들어진 다리다. 굴다리 지나 인근에 2본 동시상영관인 태평시네마극장이 있었다고 한다. 어둠의 굴을 지나면 영화 같은 삶이 펼쳐지는가. 두 개의 삶을 동시에 살아야 하는 영화 같은 삶은 어떤 세상인가. 어둠 저편 다리가 만든 사각 프레임 안에 빛이 만들어낸 예술 사진 속 한 장면처럼 삶의 모습이 펼쳐져 있다.

빛을 향해 걸어가는 어둠의 길은 길지 않다.

어둠을 통과해 만난 빛 저편에 허물어져가는 또 다른 생의 현장이 놓여 있다. 실루엣 같은 영화의 잔영이 채 사그라지기 전에 마주쳤다던 곳, 일명 태평시네마 300번지라 불리는 홍등가다.

초입부터 벽의 일부가 허물어지고 굳게 문 닫힌 집들이 즐비하다. 폐허의 단지 같다. 담장 안으로 속내가 들여다보이는 집 몇 채를 지나 골목으로 접어든다.

네모난 스틸 문에 통유리 네 짝, 그 위에 드리워진 가지각색의 커튼. 상자 같은 집들이 다닥다닥 붙어 있다. 각기 다른 영화를 상영하는 프레임의 집합 장소 같다. 마치 영화가 모두 끝나기라도 한 것처럼 가려진 커튼 속이 궁금하다.

유리 곽 속 커튼을 젖히면 빈 눈동자, 핏기 없는 입술이 내 지난 이야기 한 구절 들어보라고 금세라도 튀어나올 것 같다. 타향 땅에 발 딛은 외로운 나그네가 찬 손 맡기고 울던 사연을 들어보라고, 하룻밤 풋사랑에 저당 잡힌 순정을 아느냐고, 순이가 엘레나가 된 곡절을 아느냐고, 누군가… 내 옷자락을 붙잡을 것 같다.

인적 없는 을씨년스런 골목에 객을 보고도 도망가지 않는 개와 고양이, 비둘기 몇 마리만 주인처럼 좁은 길을 누비고 다닌다.

영화의전당 주소 같은 태평시네마 300번지를 벗어나 삼전교차로에서 끝없이 이어진 담을 따라 '아름다운 초원' 으로 향한다. 인디언어로 '아름다운 초원' 이란 뜻을 가진 하야리아. 16만 5천 평 규모로 범전동과 연지동 일대에 펼쳐져 있는 이 아름다운 초원은 일제에 의해 강제 수탈되면서 경마장과 일본군의 훈련장과 야영지를 거쳐 1945년 일제가 패망한 후에는 미군에게 넘어갔다.

8 · 15 광복 후 부산 지역 미군을 관리하기 위하여 주한미군부산기지사령부가 창설되면서 초대사령관 고향의 이름을 따서 지금까지 '하야리아' 라고 부르게 됐다는 '아름다운 초원' 은 부산 시민단체를 중심으로 끊임없이 전개된 미군기지 반환 운동으로 100년 만에 부산 시민의 품으로 돌아왔다.

순이처럼 순박한 이름의 평화로운 논과 밭이었던 우리 국토가

미국 사령관 고향의 이름을 얻게 된 경위를 생각하면 가슴 누르는 막막함을 어쩔 수 없다.

엘레나가 되었던 순이는 돌아왔지만 석면검출, 기름유출사건 등 유해물질 제거에 공을 들여야 하는, 지키지 못했던 대가는 고스란히 우리들 몫으로 남겨졌다. 지금 상처 입은 순이를 치료하는 작업이 한창이다. 짓밟히고 더럽혀진 상처 위에 새 옷만 갈아입히려는, 두 번 버리는 일이 절대 다시 일어나면 안 될 것이다.

아름다운 못이 있었을 법한 이름 연지동의 옛 들판으로 새롭게 태어날 '아름다운 초원' 을 기대한다.

분진 속에 공사 차량 수십 대가 오가는 분주한 담장 안의 사정을 아는지 모르는지 담을 의지해 붉은 꽃을 피운 5월의 여왕 장미가 우리에게 추파를 던진다.

사라진 것들이 던지는 은근하고 무거운 눈짓에 답할 차례라고….

# 노마크 찬스

'노마크 찬스' 의 모 소설가가 입원을 했다.

술자리만 생기면 이런 '노마크 찬스' 를 놓칠 수 없다며 냉장고의 술을 거의 바닥내던 그 소설가의 병명은 낙상으로 인한 복합골절이다. 전날 술을 마시고 옥상에서 잠을 자다 떨어졌는데 머리가 바닥에 먼저 닿았으면 위험한 지경이었다고 한다. 그는 10년 전에도 거의 죽을 뻔한 낙상을 당했었다고 한다. '노마크 찬스' 에게 10년 주기로 찾아오는 낙상. 다친 다리보다 다음 날 예정된 행사에 남을 맥주를 걱정하며 시익 웃는 그를 뒤로하고 인근의 남문구역(연제구 거제동. 1989년 8월 16일 임시승강장으로 영업 시작)을 찾아가는 길, 정말 우리 생에 '노마크 찬스' 가 있을까, 라는 생각을 해본다.

흰 구름과 초록 나무 그려진 담장, 그 위를 덮은 아름다운 붉은 장미. 공사 현장에서 보기 드문 예쁜 풍경이다. 그 속에서 초소처럼 생겼다는 남문구역 매표소를 열심히 찾는데 도통 눈에 들어오질 않는다.

공사 중인 담장 안을 기웃거리다가 결국 행인에게 도움을 청한다.

그런 역도 있냐는 반문에 마음이 엉킨다. 최종적으로 부동산에 확인하니 이곳은 거제역이란다. 흐음… 아름다운 꽃에 뺏겼던 마음, 급히 추스르며 발길을 돌린다.

남문구역이 있었던 곳으로 추정되는 교각 아래 건널목은 한창 복선 전철화 공사로 분진이 휘날리고 있다. 인근의 출판사에 일이 있을 때마다 지나다니던 길이다. 역이 있었던 자리라고는 생각하지 못했다. 기찻길인 선로 위를 아무 스스럼없이 지나다니는 사람들과 차량이 이상하게 느껴지던 곳이었는데….

새로 짓고 있는 역사 밑의 교각 사이 건널목으로 분주하게 오가는 사람들과 차량의 모습이 여전하다.

쉼 없이 움직이는 그들을 카메라에 가두려는 찰나 2011년 10월 5일로 열차 운행을 중지한다는 안내문이 눈에 들어온다. 그에 답이라도 하듯 공사 현장 가벽에 걸려 있는 신역사 조감도로 눈을 옮긴다. 곁에 나란히 걸린 동래읍성 들어가는 문에서 남문구라는 역명이 유래했다는 게시판의 설명을 읽고 나자 마치 구역사와 신역사의 이 · 취임식을 지켜보는 것 같다. 복선전철화공사가 끝나면 지금의 남문구역은 환승역이 되면서 지하철 3호선과 연결되도록 지어진다고 한다.

새 역사 조감도를 보고 나니 1989년 도시통근열차가 운행되면서 생겼다던 매표소가 보고 싶어진다. 위치를 물어도 역시나 정확히 아는 이는 없고 공사 현장에서 근무하는 분에게 저 어디쯤 있었을 거라는 정확하지 않은 정보만 듣는다.

철길 가에 가꿔진 텃밭을 일별하고 고층 건물들의 발아래 펼쳐진 선로를 따라 매표소가 있었다던 자리로 눈길보다 마음이 앞서가는데, 기차 들어오는 종소리가 철길에 울려 퍼진다.

언제 나타났는지 제복 입은 남자분이 흰 깃발을 들고 차단기 앞에 선다. 잠시 영화의 어느 한 장면을 찍는 듯한 모습에 행인들 눈길이 일제히 선로 위로 펼쳐진 흰 깃발에 모인다. 자동차단기, 관리원 없음, 멈춤의 표지판에서 느낄 수 없는 정경. 흰 깃발 앞에 발길을 멈춘 모두의 마음이 한데 묶여 조용히 흐르는 짧은 시간과 풍경을 지켜보고 있다.

그렇게 모두의 마음이 하나로 엮인 모양새를 사직 야구경기장에서 다시 본다.

오늘 경기를 앞둔 팀은 롯데 자이언츠와 KIA 타이거즈. 6시 30분 야간 경기를 보기 위해 모인 인파로 야구장 주변이 시끌벅적하다. 차도에는 형광색 조끼 입은 교통경찰들이 물밀듯 밀려드는 인파와 차량을 인도하고 있고 야구장 앞에는 만일의 사태를 대비해 경찰차가 대기하고 있다.

적색 신호등으로 바뀔 때까지 횡단보도를 다 건너지 못한 수많

롯데가 나이고 내가 롯데인 지금 이 순간,
롯데 앞을 아니 내 앞을 마크하는
상대를 무너뜨리기 위해 모인 수많은 이들의 기원 또한
저만큼 높이 매달려 있을 것이다.

은 사람들 앞쪽으로 사직 야구장이라고 쓰인 노란색 버스 정류장 표시가 유난히 돋보인다.

짧은 반바지와 티를 맞춰 입은 여학생들, 아이 손을 붙잡고 온 가족, 초로의 남자, 퇴근하고 바로 달려온 것 같은 회사원들, 책가방을 멘 채 둘러서서 또 다른 친구를 기다리고 있는 남학생들. 이 순간 여기 모인 이들의 마음은 모두 하나다.

야구장 2층 난간에 줄을 지어 서 있는 사람들과 키 큰 나무 숲 사이로 보이는, 인파에 머물던 시선을 옮겨 허공을 올려다본다. '야구장 Baseball Stadium' 이란 글자가 하늘과 맞닿을 듯 높이 솟은 돔구장 이마에 붙어 있다.

롯데가 나이고 내가 롯데인 지금 이 순간, 롯데 앞을 아니 내 앞을 마크하는 상대를 무너뜨리기 위해 모인 수많은 이들의 기원 또한 저만큼 높이 매달려 있을 것이다.

모든 스포츠가 그렇듯 공격과 방어가 한 쌍을 이루는 야구에 사람들이 열광하는 것은 우리 삶과 닮아 있기 때문이 아닐까. 따지고 보면 무엇에도 누구에게도 방해받지 않고 찾아오는 찬스가 없는 우리들의 삶. 만일 내게 누구의 또 무엇의 방해를 받지 않고 얻을 수 있는 기회가 온다면 행복할까. 내 삶의 앞을 가로막는 그 무엇이 있어야 비로소 헤쳐 나가고자 하는 투지가 생기고 생이 탄력을 받지 않겠는가. 수비 없는 공격이 있을 수 없고 공격 없는 방어가 있을 수 없듯 말이다.

치킨 든 쇼핑백을 양손에 세 개씩 든 사람과 돗자리 위에 찬합을 늘어놓고 마치 소풍 온 듯 야구장을 찾은 이들의 상승된 기분이 내내 야구장의 천장만큼 높이 떠서 가라앉지 않길 바라며 초읍 성지곡수원지(부산광역시 부산진구 초읍동, 대한민국등록문화재 제376호)로 발길을 돌린다.

초읍 어린이대공원(부산광역시 부산진구 초읍동 43) 내의 수원지를 둘러보기 위해 거칠 것 없이 위로 쭉쭉 뻗은 편백나무 우거진 숲길을 걷는다.

지금은 유원지로서의 기능밖에 하지 않는 성지곡수원지는 한국 최초의 콘크리트 중력식 댐이기도 하고 낙동강 상수도공사가 완공되기 전까지는 서면에서 수정동 지역까지 급수를 담당했다고 한다.

야구장에 산책객들을 뺏긴 탓인지 다른 날에 비해 산보 나온 사람들이 그다지 많지 않다. 나무 데크를 따라 오르는 산책로 옆으로 뿌리가 드러난 거대한 나무가 보인다. 얕은 흙 사이를 비집고 올라온 줄기에서 한아름이 넘는 몸체를 키운 땅속 깊이 숨겨진 나무의 세월을 엿본다.

꽃만큼 예쁜 초록 잎사귀가 겹치고 겹쳐 무성한 숲을 이루고 있다. 그 잎사귀 드리워진 계곡 사이로 흐르는 물소리가 청량하게 들린다.

어디를 돌아봐도 초록 천지다. 피를 맑게 하는 음이온과 말초혈관을 안정시킨다는 피톤치드가 다량 방출되는 숲속으로의 산책. 눈과 심신이 평온해지는 듯하다.

나무 데크를 벗어나자 수원지를 가로질러 저쪽으로 건너가는 다리가 보인다. 위쪽의 작은 다리는 성지교인데 이건 무슨 다리냐고 물으니 다리가 아니라고 한다. 댐의 상부에 문을 달고 난간을 만들어놓은 것이란다. 멀리서 보이는 모습은 영락없이 물속에 잠긴 멋진 다리 형상인데….

저수지 표면 위로 노을이 물들고 바람에 흔들리는 윤슬이 그대로 그림이다. 성지곡 수원지를 둘러쌓은 산과 푸른 잎사귀 매단 줄기를 늘어뜨린 나무들도 모두 물속에 잠겼다. 자연이 빚은 몽환적인 데칼코마니. 그 풍경을 바라보는 이 시간이 적요하다.

인파 속의 북적임과 적적하고 고요함을 동시에 느꼈던 하루를 갈무리하며 돌아가는 길, 롯데의 승리를 전해 듣는다. 연패를 거듭하고 있던 차에 이긴 경기이고 보니 실전에 임했던 선수나 이를 지켜본 이들의 기쁨은 그 어느 때보다 더했으리라. 얼싸안고 기뻐했을 그들의 모습을 생각하니 입가에 절로 미소가 떠오른다. 내 앞을 마크하는 상대를 물리치고 축배를 들고 있을 소풍 가는 아이처럼 달떠 보였던 수많은 이들의 얼굴을 생각한다.

지금 이 순간 승리가 내 것이 아닐지라도, 차후에 보다 나은 삶을 꿈꾸고 진전시킬 수 있다는 희망을 가꾸기 위해서라도 내 앞을 마크하는 그 무엇인가가 필요하다. 삶에 노마크란 있을 수 없다. 나를 앞으로 나가게 하는 힘이 내 앞을 가로막고 선 그 무엇이다, 라는 생각에 다시 젖어드는 순간 달리던 택시가 급정거를 하며 멎는다. 동시에 택시기사 아저씨의 입에서 욕설이 튀어나오고 내 심장은 내려앉는다. 졸음운전을 했는지 커다란 트럭이 갑자기 내가 탄 택시 앞으로 달려든 것이다.

내 힘으로 어쩔 수 없는 이 지경까지… 삶은 노마크인 것이 확실하다.

저수지 표면 위로
노을이 물들고
바람에 흔들리는 윤슬이
그대로 그림이다.

# 우리를 음우하소서

구진영역을 발견한 게 아무래도 신기하다. 길눈 어두운 나로서는 쉽게 찾을 수 없는 위치다. 진영재래시장 건너편 도로 아래 계단을 내려간다.

계단 아래 제법 너른 광장에 빨간 지붕을 인 진영역사(경상남도 김해시 진영읍 진영리 275-35. 1905년 5월 13일 영업 시작)가 빛바랜 '2박 3일 기차테마여행' 현수막을 이름표처럼 오른쪽에 달고 서 있다. 기차여행을 부추기는 글귀 옆, 판자로 못질 되어 있는 역사 벽면 창과 역명판 아래 깨진 네 개의 유리창이 보인다.

오래전 기억과 현실이 교차하는 영화 같은 장면이 이어진다.

역시 흰색 판자로 못질된 출입구. '우리 역에서도 KTX 승차권을 구입할 수 있고 KTX 환승열차를 이용할 수 있습니다' 라고 쓴 또 하나의 현수막. 들어갈 수 없는 문과 서지 않는 기차를 타라고 부추기는 문구를 번갈아 바라본다. 2010년 12월 15일자로 진영읍 설창리 131-1번지로 역사가 옮겨갔다는 손 글씨로 적은 안내문까지… 현재와 과거를 넘나드는 풍경에 한동안 시간을 내주고 서 있다.

플랫폼과 역사 내부를 둘러보기 위해 서성이다 오른편 창고 쪽의 문을 발견한다. 문으로 들어서자 마당에 서 있는 공사용 차량이 먼저 눈에 들어온다. 플랫폼에 걸려 있었던 파란색 도착지 이정표가 무성하게 늘어진 큰 나무의 초록 잎사귀에 덮여 바닥에 내려져 있다. 푸른 잎으로 얼굴을 가린 듯한 이정표 옆에 KTX 환승 시간표를 알렸던 안내판이 심통 난 사람처럼 화단을 향해 역사를 등지고 서 있다.

공사차량이 막고 있는 역사로 향한다. 유리창에 열차 시간표와 운임표만이 걸려 있을 뿐 아무런 장식과 집기 없는 건물 내부가 휑하다. 벽에 걸린 '안녕히 가십시오' 라는 인사말에 시선을 거두고 돌아서는 찰나 승강장 출입구로 쓰였던 아치문을 휘감고 활짝 피어 있는 장미가 시선을 사로잡는다. 매표소도 승객도 없는 역사는 이제 기차가 서지 않는 폐역임을 감추지 않는데 오고 가던 이들의 시선을 한몸에 받았을 아름다운 꽃은 지난 시간을 아직 잊지 못한 듯 그 빛이 피멍처럼 붉다.

레일이 모두 걷힌 철길을 바라보며 플랫폼 주위를 서성인다. 승강장 안쪽에 사면이 유리창으로 만들어진 대합실이 보인다. 가까이 가보니 유리창이 모두 깨져 파편이 바닥에 널려 있고 양편으로 길게 늘어선 나무 의자는 군데군데 부서져 흉물스럽다. 깨진 유리창 사각 틀 안에 화단 건너편 진영역사가 들어와 앉아 있다. 이제 그 소임을 다하고 철거 날짜를 기다리는 두 건물은 아랑곳없이 새로 돋은 푸른 잎사귀와 꽃들만 철없는 제 빛깔 내기에 여념이 없다.

선로에서 걷어져 사람 키만큼 쌓인 침목 아래 돋아난 풀과 들꽃, 폐자재와 쓰레기 담긴 마대자루 곁에서 꽃을 피운 5월의 여왕, 장미…. 조화롭지 못한 모습들이 어울려 또 하나의 스러지는 역사 이야기를 보태고 있다.

아케이드 대신 울긋불긋 커다란 파라솔 꽃이 수북한 진영재래시장을 휘둘러보고 설창리로 옮겨갔다는 새로운 진영 역사를 보기 위해 발길을 돌린다.

노랗고 하얀 들꽃을 배경으로 멀리 신진영역 이정표가 보인다. 평상 놓인 광장을 가로질러 역사 안으로 들어가니 넓은 실내에 자리 잡은 승객 대기실과 편의점, 매표소가 눈에 들어온다. 벽면이 모두 유리로 시공되어 천장과 바닥에 사방의 사물이 반사되어 있다. 마치 물속 같다.

에스컬레이터를 타고 플랫폼으로 내려가는데 초록 펜스 안에 피어 있는 붉은 개양귀비꽃이 유난히 선명해 보인다. 주위의 무채색 탓이리라.

전직 대통령 이름을 단 최초의 역이 될 뻔했던 진영역의 승강장은 한산하다. 전날 치른 고 노무현 대통령 3주기 추모 행사로 북적였을 역의 모습을 그려본다.

열차가 들어온다는 기별에 곧게 뻗어나간 레일을 향해 한없이 눈길이 따라가는데 멀리 점처럼 찍혀 있던 기차가 점점 형체를 드러내며 다가온다. 회색 시멘트와 무채색으로 덮인 철로에 나타나는 기차는 희망 잃은 사람들의 구세주처럼 역에 생기를 불어넣는다.

기차는 이내 사라지고 또다시 정적에 휩싸인 역 플랫폼에 찰나의 역사가 새겨진다. 머물 수 없는 기차, 보내야 하는 운명의 시간을 켜켜이 쌓아 이야기를 만드는 역에 홀로 남은 객은 그 역사(歷史)가 영원히 진영(進永)역의 이름 같기를 바라본다.

장미의 계절 붉은 5월을 노랗게 물들이는 이, 그를 찾아간다.

봉하마을로 들어가는 도로에 노란 바람개비가 늘어서 있다. 나를 기다린다면 노란 손수건을 나무에 걸어달라던 소설 속 남자의 이야기가 떠오른다. 노란 손수건 주렁주렁 매달린 나무를 바라보는 남자의 벅차올랐을 마음도 어림짐작해본다.

기념관 마당 벽면에 밀짚모자 쓰고 활짝 웃는 그가 새겨져 있다. 마치 방문객을 맞고 있는 것 같다. 농사짓는 나를 보고 행복해하는 사람들을 보니 나도 덩달아 행복하다며 행복도 전염된다고 말하는 노무현 대통령. 그가 퍼트린 행복 바이러스에 잠시 젖어 있던 이들이 발걸음을 옮기고 나도 그들 속에 섞인다.

아이들이 올라 앉아 장난치고 놀 수 있도록 만들었다는 너럭바위 묘역. 헤아릴 수 없는 인파로 북적였던 전날의 행사에 이은 조

묘역 가까운 유채밭에
수많은 노란 바람개비가 꽂혀 있다.
뒤의 유채꽃밭과 어우러져
마치 신품종 꽃이 활짝 핀 것 같다.

문객들의 모습이 보인다. 묘역이 시작되는 앞쪽, 마음을 비춘다는 수반에 태극기와 부엉이 바위가 담겨 흔들리고 있다. 1만 5천 개의 박석을 깔아 만든 묘역 바닥에 새겨진 그리움과 소망의 글귀를 마음으로 읽는다.

묘역 가까운 유채밭에 수많은 노란 바람개비가 꽂혀 있다. 뒤의 유채꽃밭과 어우러져 마치 신품종 꽃이 활짝 핀 것 같다. 바람의 세기에 따라 제각기 돌고 있는 바람개비꽃들을 배경으로 바보 노무현 대통령의 생전 활동 모습을 담은 사진이 전시되어 있다.

희망이란 글자 앞에 서서 연설하던 그가 푸른 잔디 위에서 자전거 페달을 힘차게 밟고 있다. 그는 어디로 가고 있는가. 어디로 가버렸는가. '바보' 는 바라볼수록 보고 싶은 사람이라던가. 바람에 한덩이가 되어 돌고 있는 바람개비들 사이로 하늘 향해 솟아 있는 솟대들이 보인다.

그가 마지막으로 걸었던 길을 따라 산으로 오른다. 사월초파일을 앞두고 산길을 따라 색색의 연등이 걸려 있다.

계단이 조성된 산의 초입, 흡사 둥근 첨성대처럼 생긴 돌탑이 우뚝 서 있다. '돌이 하나씩 모여 사랑하는 마음을 이어 간다' 라는 문구가 돌탑 앞에 새겨져 있다. 큰 돌 사이사이를 메운 조그만 공깃돌이 마음을 짠하게 한다.

가난한 여인이 구걸하여 석가에게 바친 등불에서 유래했다는 연등의 정성과 큰 돌 사이사이를 메운 공깃돌의 마음이 하나로 연결되는 풍경이다.

울창한 숲길 너른 바위 위에 오고 가는 이들이 하나씩 올려놓은 돌탑이 여기저기 눈에 띈다. 보고 싶다는, 잊지 않겠다는, 달리 표할 수 없는 마음을 내려놓은 흔적이리라. 꽃과 잎이 서로 만나지 못해 그리워한다는 일명 상사화로 불리는 꽃무릇을 지나 원래는 바로 서 있었다던 커다란 바위 사이에 끼여 누워 있는 마애불을 만난다. 중생의 두려움을 덜어주고 소원을 이루어준다는 마애불의 신통력은 넘어지지 않았기를… 그리하여 음우(陰佑)의 덕을 잊지 말고 베푸시기를….

부엉이 바위로 오르는 길, 언뜻언뜻 스치는 풍경들에 머물던 시선이 재촉하는 발길을 따라 나선다.

'위험, 출입금지' 팻말과 꽃다발, 둘러친 울타리 위에 놓여 있는 담배와 라이터, 불씨 없는 담배 두 개비만으로도 가슴 시린 장면에 더해지는 젊은 아가씨의 울음소리. 부엉이 바위에서 마주친 풍경이다. 금세 전염되는 슬픔 바이러스에 가슴이 먹먹하다. 좀체 일어설 줄 모르는 아가씨를 뒤로 하고 몸을 추스른다.

내친걸음 정토원과 사자바위를 둘러보기 위해 옮기는 발길이 가볍지 않다. 무지개처럼 마당에 걸린 색색의 연등을 배경으로 서 있는, 전설을 간직한 정토원의 배롱나무를 감상하고 봉화대가 있는 사자바위 쪽으로 향한다.

봉하마을 들녘과 사람 사는 세상을 형상화한 것이라는 이등변 삼각형 모양의 노무현대통령 묘역이 한눈에 내려다보이는 사자바위를 들러 호미 든 관음상이 서 있는 해발 140미터의 봉화산

정상에 올라 사방을 조망한다. 낮은 산임에도 불구하고 둘러보는 사방이 막힘없이 환하게 눈에 들어온다.

낮은 산에 감싸인 작은 마을에 둥지를 틀고 보통 사람들과 평화롭게 살고 싶었던 우리의 바보 대통령. 그의 꿈은 너무 거대했는지도 모르겠다. 아니면 한 나라의 대통령으로서 너무 소박한 꿈을 꾼 죄를 지은 것인지도 모르겠다.

봉하마을에서 보낸 한나절을 마무리하고 귀가하는 길, 여전히 바람에 쌩쌩 도는 바람개비에 머물던 눈길이 두 그루 소나무에 매달린 현수막으로 향한다.

옛 진영역

'평생 곁에 있겠습니다.' 그 곁에 대통령 같지 않은 우리의 영원한 대통령이 웃고 있다.

"여전히 거대한 꿈을 꾸고 있을 당신, 우리를 음우하소서!" 그리운 사람에게 나직이 마음을 전한다.

새 진영역

# 공생의 미덕을 잊어버린

여린 초록 잎에 물이 올라 독한 계절의 이름이 새겨지고 있다.

경부선 구포역(부산광역시 북구 구포동 1060-470. 1905년 1월 1일 영업 개시) 맞은편, 예전 구포나루터 자리였다는 도시철도 3호선 전망대에서 감상한 낙동강 윤슬의 여운이 채 가시기도 전에 따가운 햇볕이 미간을 찡그리게 한다.

도시철도 3호선에서 구포역으로 향하는 육교 위에 조성된 화단을 단장하는 손길들이 바쁘다. 불필요한 잔가지 잘려나간 소나무가 이발한 새신랑처럼 말끔하고 단풍처럼 붉은 잎사귀 매단 아담한 나무는 새색시마냥 곱다. 멀리 이쪽 풍경을 구포역 역명판이 넘겨다보고 있다.

구포역, 휘파람 불며 기차는 몰려오고 사람들은 낙엽처럼 또 부서져 내린다, 라고 노래한 김재근 시인은 분명 어느 겨울 주

(酎) 님을 만나기 좋은 시각, 술시쯤 구포역에 당도하였으리.

야산 겨울 숲 너머 하루해가 풀썩 지고 있고 역 광장은 묘지처럼 적막했다던 '구포역' 에 등장하는 그날 모습은 어디에도 찾아보기 힘들다.

오늘은 광장을 지나는 이들의 이마에 송골송골 땀방울이 맺히는 여름 한낮, 그리고 주말, 더하기 구포 장날이다.

2005년 11월 증·개축공사를 완료한 구포역사 전면 유리창에 '여수 EXPO 전용열차 운행' 현수막이 붙어 있다. 버스커버스커의 「여수 밤바다」를 흥얼거리며 여수 가는 기차를 타면 좋겠다, 라는 생각에 웃음이 흘러나온다. 역사에 나붙은 말없는 부추김을 볼 때마다 이는 충동이라니….

색다른 장식 없이 광장처럼 펼쳐진 역사 안으로 들어서니 매표소와 자동발매기 앞에 줄을 지어 늘어선 사람들이 보인다. 1989년부터 2002년까지 해운대~구포 구간 동서통근열차가 운행됐었던 구포역은 예나 지금이나 북적이기는 마찬가지인 듯하다. 부산 시내에서 부산역 다음으로 이용객이 많다는 말이 실감난다.

기차 타는 곳으로 가기 위해 계단 몇 개를 오르자 의자에 빼곡하게 앉아 있는 승객들이 보인다. 커다란 배낭을 짊어진 사람, 아이를 품에 안은 여자, 텔레비전을 보는 초로의 남자, 연신 전화기를 만지작거리는 학생들. 가지각색의 군상을 일별하고 플랫폼으로 향한다.

승강장으로 내려가는 에스컬레이터에 발을 딛는 순간 유리창

예전 구포나루터 자리였다는
도시철도 3호선 전망대에서 감상한
낙동강 윤슬의 여운이 채 가시기도 전에
따가운 햇볕이 미간을 찡그리게 한다.

햇빛 받은 수많은 초록 잎이 바람에 살랑이고
고운 꽃이 저리 붉은빛으로 철길을 가득 채우고 있어도
기차 떠난 플랫폼은 황량하거늘,
겨울 구포역에 당도한 시인의 마음이야….

을 통해 독특하게 꾸며진 철길 모습이 내려다보인다.

철길 옆 화단에 돌을 쌓아 탑을 만들고 나무를 이용해 글자를 새겨놓았다.

'GLORY ♡ 구포' 특수문자와 영어, 한글이 조합된 화단에 사람들의 시선이 모아진다.

몸을 돌려 철길을 휘둘러보는데 플랫폼을 떠받치고 있는 철제 기둥과 기둥 사이로 건너편 철길 가에 피어 있는 붉은 장미 넝쿨이 보인다. 담장에 한껏 몸을 기대고 밖을 기웃대는 요염한 빛깔의 꽃, 사각 액자 속 사진 같은 풍경에 눈길이 한동안 머문다.

승강장 의자에 앉아 소곤소곤하는 두 여학생에게 어디 가요, 하고 물으니 서울 간단다. 학교 때문에 서울로 갔는데 여전히 부산이 그립다는 피겨요정 김연아와 이름이 비슷한 김연하 여학생의 상큼한 웃음이 꽃만큼이나 예쁘다.

기차 들어올 시간이 가까워 오는지 플랫폼으로 많은 사람들이 모여든다. 해군 베레모를 쓴 군인, 서류 봉투 든 회사원, 엄마 손 붙들고 떼쓰는 꼬마까지 순식간에 승강장 안이 시끌벅적해진다.

허공 위의 다리가 만든 또 하나의 그림자 가교(假橋) 위로 기차가 들어온다. 매정한 사람처럼 오래 머물지 않는 기차는 김연하의 웃음과 떼쓰는 꼬마의 울음을 싣고 금세 사라져버린다.

햇빛 받은 수많은 초록 잎이 바람에 살랑이고 고운 꽃이 저리 붉은빛으로 철길을 가득 채우고 있어도 기차 떠난 플랫폼은 황량하거늘, 겨울 구포역에 당도한 시인의 마음이야….

구포역 광장으로 다시 나오니 햇볕은 여전히 따갑고 오가는 사람들의 발걸음은 분주하다. 광장 끝 지하철 3호선 앞에 서 있는 로켓처럼 생긴 장애인 엘리베이터를 일별하고 재건축 되지 않은 옛길을 따라 구포시장(부산광역시 북구 구포1동 599 일대)으로 향한다.

초입부터 발 디딜 틈 없이 많은 사람들로 붐비는 구포시장은 과일, 채소 잡곡 등을 생산자와 직거래하는 3·8장이 열리는 전통시장이다. 원래 구포나루터 안쪽 구장터에 있었는데 1932년 낙동강 제방공사를 하며 지금의 위치로 옮겨왔다고 한다.

예전에 있었던 소시장과 나무시장은 흔적이 없고 구포시장 길에 흔하게 있었다던 구포국수 공장도 쉽게 눈에 띄지 않는다. 한국전쟁 직후 많은 피란민들에게 맛 좋고 값싼 먹을거리로 인기를 끌었던 구포국수는 이제 몇몇 공장이 남아 그 명맥을 유지하고 있다. 마침 눈에 들어오는 '아~ 그 집 구포국시' 라고 쓴 현수막, 처음 와보는 시장에서 아는 사람을 만난 것처럼 반갑다.

'어서 오이소' , '정이 있는 구포시장' 문구가 곳곳에 나붙은 좁은 시장 길을 사람들에게 밀려 들어간다.

금방이라도 허리를 튕기며 일어설 것 같은 통통하게 살 오른 고등어, 덥고 비좁은 시장 안 만두가게에서 모락모락 피져 오르는 김, 꽃처럼 바구니에 담긴 제철 과일들, 칼국수 가게 아저씨의 밀가루 반죽을 다루는 현란한 손놀림을 넋 놓고 바라보다 '옷이 다 팔리는 그날까지 세일은 계속된다' 라는 문구에 웃음이 터진다.

수시로 상호와 전화번호를 바꿔가며 광고하는 전광판과 커다란 등을 연상시키는 허공의 조형물을 구경하며 시장을 빠져나온다. 외양은 많이 변했지만 정이 넘치는 구포시장의 속내 사정은 시장 안 가게 상호인 늘봄처럼 늘 봄날이기를 바라본다.

시장 구석구석 먼지처럼 쌓인 이야기만큼이나 오래 묵은 구포의 역사를 몸에 두르고 있는 구포팽나무를 보러 가기 위해 걸음을 옮긴다.

구포팽나무를 찾아가는 길은 쉽지 않다. 물어도 아는 이가 없다. 다만 근처에 구포팽나무가 있을 거라는 확신은 '팽나무로'라는 이정표와 조금 과장하면 한 집 건너 보이는 선녀와 도사님들이 유하는 점집 때문이다.

오래된 것은 무엇이든 그 안에 정령이 살아 있다더니… 500년 된 구포팽나무의 묘한 기운이 동네에 퍼져 만들어진 풍경인가.

빌라촌을 몇 바퀴 돈 끝에 만난 친절한 동네 아주머니 한 분이 구포팽나무 근처까지 안내를 해주신다. "다 죽어가는데…." 아주머니가 남긴 말 한마디가 마음을 무겁게 한다.

'구포당산경로당'을 지나 만나게 된 팽나무는 사방으로 뻗은 줄기로 인해 한 그루처럼 보이지 않는다. 팽나무만큼이나 오래된 소나무와 어우러져 그야말로 숲을 이루고 있다. 잠긴 문 곁에 '부산구포동당숲'(천연기념물 제309호. 부산광역시 북구 구포동 46)이라는 명칭과 설명 적힌 안내판이 서 있다.

연못 옆에 세워진 귀 가리고 눈 가리고
입 가린 부처석상이 눈에 띈다.
듣지 말고, 보지 말고, 말하지 말고
마음에 고여 드는 불편함을
덜라는 뜻일진대….

한눈에 내려다보이던 낙동강을 가로막은 고층 건물과 주위를 둘러싼 빌라촌 속에서 제대로 숨을 쉬지 못해서인가. 이끼 낀 담장 안에 서 있는 500살 된 팽나무는 몸의 여기저기가 끈으로 묶이고 좌우로 늘어진 가지가 지팡이 짚듯 막대에 의지하고 있다. 잘려나간 죽은 가지로 인해 아픈 기색이 역력해 보인다.

이웃 간의 정을 다지고 한바탕 웃음 속에 시름을 날려 보내던 정월대보름 구포다리 밟기 축제의 환희를, 1993년 78명의 사망자와 198명의 부상자가 발생했던 구포역 인근의 철도 전복 사고의 아픔을 몸으로 기억하는 팽나무는 이제 기억이 봉해진 채 더 이상 추억을 만들지 못하는 풍경과 시간 속에 갇혀 있다.

빽빽이 들어선 빌라와 빌라 사이 분진 속에서 노구를 지탱하고 있는 팽나무를 뒤로하고 돌아서는 길, 충혜왕의 서자 석기가 유폐되었던 절로 추정되는 만덕사지(부산광역시 지정 기념물 제3호. 북구 만덕동 30 일원)를 둘러보기 위해 귀가를 늦춘다. 육교를 건너 인테리어 공장 아래쪽에 서 있는 당간지주(부산광역시 지정 유형문화재 제14호. 북구 만덕1동 784)와의 거리를 생각할 때 규모가 꽤 큰 절이었을 것이라 짐작되는 만덕사지 안으로 들어서자 어느 가정집 마당에 들어선 듯한 느낌이 든다. 흔들그네 의자와 연못, 그 주위에 피어 있는 울긋불긋한 꽃들이 여느 절과 사뭇 분위기가 다르다.

마당 한가운데 서 있는 두 개의 탑을 지나 위쪽으로 가는 중에 연못 옆에 세워진 귀 가리고 눈 가리고 입 가린 부처석상이 눈에 띈다. 듣지 말고, 보지 말고, 말하지 말고 마음에 고여드는 불편함을 덜라는 뜻일진대…. 커다란 나무 주위, 부서진 기와를 쌓아 만든 여러 개의 탑과 부처상에 앙금처럼 깔린 편하지 않은 속내를 살짝 얹어본다. 뒤쪽으로 들어가자 잔디밭에 더 많은 수의 하얀 돌 부처상들이 일렬로 줄을 지어 늘어서 있다. 돌 부처상 하나에 수심 하나씩 내려놓으면 동글동글 마음이 둥글어질까….

만덕사지를 둘러보다 먼 산으로 고개를 돌리는데 깊숙이 산을 깎아 먹고 세워진 아파트가 눈앞에 펼쳐져 있다. 갑자기 몸이 끈으로 묶인 채 막대로 몸을 지탱하고 있는 500살 된 팽나무의 모습이 아파트와 오버랩된다. 심란한 마음 추스르라는 뜻인지 뒤이어 들리는 목탁소리.

아직 해지려면 먼 시각 눈앞이, 마음이 어두워오는 이유를 모르겠다.

용두산타워에서 내려다본 부산항

## 많이 흔들리고 비틀거릴수록

여름 한낮 열기와 야합한 낮술 한 잔의 취기가 꽃시계의 붉은 바늘 위에서 맴돈다. 하늘 향해 우뚝 솟은 부산타워와 언제까지나 나라의 안위를 지키겠다는 듯 늠름한 모습으로 서 있는 이순신 장군 동상이 무심히 흐르는 시간을 알려주는 꽃시계 뒤로 조화를 이루며 배치되어 있다. 새 한 마리가 그 주위를 휘돌고 젊은 부부는 오늘의 풍경과 시간을 사진기에 봉한다.

부산 사람이라면 누구나 이곳에서 찍은 사진 한 장씩 가지고 있다는 추억의 장소. 기억 속에 간직한 옛날을 잊지 못해서인가. 공원 여기저기 유난히 많은 어르신들의 모습을 바라보며 용두산 공원(부산광역시 중구 광복동 2가 1-2)의 부산타워 전망대로 발길을 옮긴다.

새롭게 칠을 하기 위해 설치한 보호막 때문에 굴뚝처럼 밋밋하

딘 타워가 하늘에 소망이 닿기를 바라고 쌓아올린 탑처럼 보인다. 소망의 끝에 닿기 위해 엘리베이터에 몸을 싣는다.

용의 머리를 닮아 용두산이라 불렸다는 이곳은 숙종 4년 왜관이 설치되어 번성했으며 개항 이후에는 일본인들의 전관거류지가 되었다고 한다.

일제강점기 때는 일본인들에 의해 이 일대가 공원으로 지정되었다가 8·15광복을 맞으면서 이곳에 있던 일본신사가 헐리고 한국전쟁 때 부산으로 몰려든 피난민들의 판자촌이 형성되기도 했다. 그 후 대화재로 피난민 판자촌이 불타 없어지자 나무를 심고 고 이승만 대통령의 호를 따서 '우남공원'으로 부르다가 4·19혁명 이후 다시 용두산공원으로 명칭이 바뀌었다.

언뜻 엘리베이터 위쪽 전광판에 나타난 숫자 '120'을 보며 120층이라고 생각했는데 지상으로부터 멀어진 수치였다.

맑은 유리창을 통해 사방으로 높은 하늘, 그 아래 산과 강들이 파노라마처럼 펼쳐져 있다. 상황에 따라 이름과 형태가 바뀌며 세월을 견딘 용두산공원, 손가락으로 툭 건드리면 넘어질 것처럼 보이는 건물들, 어딘가로 바삐 가는 장난감 같은 자동차들의 행렬이 숨김의 미학을 상실한 채 눈 아래 놓여 있다. 돌아서면 허기질 말의 성찬과 남루한 일상의 조각들이 먼지처럼 떠다니는 우리들의 한 세상이 창 안에 갇힌 듯 적막하고 고요하게 느껴진다.

고요 속에 관조하던 생이 순식간에 소란하고 북적이는 삶 속으로 빠져든다. 초고속 엘리베이터 덕분이다.

'오이소, 보이소, 사이소.'

자갈치 시장 초입에 걸린 간판만 보고도 바다 냄새가 물씬 풍기는 것 같다. 갈매기를 본뜬 최신식 조형물을 지나 조개 등 어패류와 해산물이 즐비하게 늘어서 있는 좌판을 휘둘러 본 후 부산진역으로 가기 위해 시장을 벗어나는데 '자갈치아지매' 들의 투박한 음성이 옷자락을 붙든다. 부산을 떠받치는 또 다른 힘이다.

한때 경전선과 동해남부선의 시종착역이었던 구부산진역(부산 동구 수정2동 79-3. 1905년 1월 1일 무배치간이역으로 영업 시작)은 2004년 2월 부전역으로 그 역할이 이전되고 2005년 4월부터 여객 취급이 중단되면서 모든 기차가 서지 않는 폐역이 되었다. 한적하기 그지없는 광장에 푸른 잎 무성한 나무만 변함없이 누군가를 기다리듯 그늘을 만들고 서 있다.

내부를 둘러보기 위해 이쪽저쪽을 기웃거리는데 구부산진역 화물취급소 건물 옆의 열려 있는 녹색 작은 쪽문이 눈에 들어온다. 조심스럽게 안으로 들어가니 여기저기 갈라진 아스팔트 틈 사이로 잡초 우거진, 드넓은 광장이 펼쳐져 있다.

빛바랜 하늘색 건물 두 동을 지나 구역사로 다가서자 낡고 칠 벗겨진 긴 의자 하나가 파수꾼처럼 출입문 앞을 가로막고 앉아 있다. 누군가를 기다리던 설렘과 어딘가로 떠나는 이의 기대가 머물던 자리, 이제는 먼지만 수북하게 쌓인 채….

1952년 4월 천도교 독립운동가 나인협의 장례식이 열리기도 했다는 텅빈 건물 내부를 유리창을 통해 바라보다 기차 들어오는 기척에 역사와 선로를 가로막고 있는 초록색 펜스 사이로 시선을 돌린다.

날렵한 KTX가 바람처럼 휑하니 지나간 선로 건너편에 '부산진역 철도물류센터' 라고 쓰인 건물이 보인다. 비록 구부산진역의 여객취급은 중단되고 폐역이 됐지만 화물전용역인 신부산진역사가 세워져 화물 수송에 매우 중요한 기능을 담당하고 있다. 앞서 가는 세월은 추억을 외면하지 못하고 또 다른 풍경으로 포장된 현재의 시간을 견인하고 있다.

창이 많고 오래된 빨간 벽돌로 인해 고풍스럽게 느껴지는 역사 앞 광장의 나무 그늘에 앉아 담소 나누는 사람들이 또 하나의 추억을 만들고 있다.

용두산공원을 둘러본 참에 부산지명의 유래가 시작되었다는 증산공원을 구경하기 위해 일신병원의 가파른 도로로 접어든다.

흔하지 않은 돌담을 지나자 계단 위에 부산문화재 제10호 '정공단' 이라는 현판이 나타난다. 부산진성을 사수하다 전사한 정발장군과 그를 따라 순국한 이들의 비가 세워진 사당이다. 인근 초량삼거리에서 보았던 충장공 정발 장군 동상이 자연스럽게 떠오른다. 태극문양이 새겨진 문을 열고 안으로 들어가니 정갈하게 꾸며진 단 위에 비석들이 세워져 있다. 나라와 백성의 안위를 위해 목숨을 내놓은 이들의 올곧은 정신만큼이나 단단하고 바르게 서 있는 비석을 바라보는 마음이 낮고 무거워진다. 비석을 보호하듯 정공단 담 위로 아파트와 빌라들이 방패처럼 둘러서 있다.

단 중앙의 정발장군 비를 비롯해
그를 따라 전사한 여러 사람의 비가 세워져 있다.
비석을 보호하듯 정공단 담 위로
아파트와 빌라들이 방패처럼 둘러서 있다.

과거의 역사 위에 겹쳐 있는 현재의 풍경을 뒤로하고 가파른 고개로 접어드는데 돌담을 덮고 있는 넝쿨과 교회 건물 꼭대기의 종탑이 발걸음을 끌어당긴다. 120년 세월을 견딘 부산진교회 건물이다. 교회 건물은 심심찮게 보이지만 커다란 종탑을 머리에 인 교회는 보기 힘든 터라 한곳에 머문 발길이 쉽게 떨어지지 않는다. 세월의 풍상이 느껴지지 않는 튼실해 보이는 건물 외관과 하늘에 걸린 듯 멋들어진 종. 소리를 멀리 보내기 위하여 종은 더 아파야 한다고 했던가. 불현듯 하늘가에 은은하게 울려 퍼지는 종소리가 듣고 싶어진다. 삶에 대한 믿음이 부실한 이들의 마음을 두드리기 위해 내색 없이 아픔을 견뎌온 종처럼 우리네 영근 삶의 향기를 갖기 위해 더 크게 아파야 하리. 두려움 없이….

세월을 거슬러 오르는가. 오래된 교회를 벗어나 몇 걸음 떨어지지 않은 곳에 현재의 도심에서는 보기 힘든 영화 세트장 같은 건물이 세워져 있다.

단단한 돌로 만든 계단을 올라 암팡진 빨간 벽돌 건물을 바라본다. 부산광역시 기념물 제55호인 부산진 일신여학교(부산광역시 동구 좌천동 768-1)다.

3 · 1 운동과 관련하여 부산지역에서 최초로 만세운동을 주도한 이들이 일신여학교 교사와 학생들이었다고 한다. 오늘을 존재하게 한 인물들을 부산을 품은 증산공원 가는 길에 만나는 기분이 묘하다.

계단을 오르고 나면 또다시 만나는 절벽을 연상시키는 깎아지른 계단. 땀을 식히기 위해 몇 차례 쉬기를 반복한다. 쉴 때마다 불어오는 바람이 더없이 시원하게 느껴진다. 힘들게 오른 산의 중턱에 페인트칠 벗겨지고 음산한 분위기의 4~5층 아파트가 들어서 있다. 등줄기와 이마에 흐르는 땀을 닦으며 올라온 길을 내려다본다. 발아래 푸른 나무 사이로 한참 공사 중인 현장과 빨간 컨테이너 박스가 오가는 풍경이 눈에 들어온다. 용두산공원 부산타워에서 내려다본 정경이 떠오른다. 같은 풍광일진대 엘리베이터를 타고 올라 투명 유리를 통해 바라보던 세상과는 색다른 느낌이다.

수풀 우거진 길가에 왜성의 흔적이 고스란히 남아 있다. 정공단의 비석을 대했을 때, 일신여학교의 만세운동을 주도한 인물들을 알게 됐을 때 가졌던 기분과 상치되는 느낌이 짧은 순간 스쳐간다.

증산공원의 표지석이 세워진 장소에 당도하자 몇 개의 체육시설이 눈에 띈다. 반바지와 티셔츠 입은 학생 몇 명이 모여 농구하는 풍경을 일별하고 아래로 내려가자 또 다른 체육시설이 나타나는데 무덤을 품고 있다.

주민들이 이용하는 체육시설 한가운데 자리를 잡은 묘지가 기이하다고 여기는 나와는 달리 무덤 하나쯤 있는 것이 뭐가 그리 이상하냐는 듯 깔깔거리며 뛰노는 여학생 둘과 열심히 허리를 돌리며 운동하는 아주머니를 바라본다.

마음먹기에 따라 다르게 느껴지는 풍경들.

부산진교회와 일신여학교 전경

구부산진역사와 철길

왜관과 일본신사가 있었던 곳, 피난민들의 판자촌으로 그 모습이 변했다가 외국인들이 많이 찾는 관광지가 된 용두산공원, 그리고 임진왜란 당시 최초의 격전지였고 한국전쟁 후는 공동묘지로 사용되다가 주민의 휴식 공간으로 자리매김하게 된 증산공원.

전쟁의 소용돌이 속에서 격하고 심한 변화를 겪은 두 공원은 내색 없이 고요한데 물색없는 객 홀로 경망스럽다. 어두워오는 하산 길, 지치고 힘든 발걸음에 흔들리는 시야를 가다듬으며 시인의 시 구절을 읊조린다. 많이 흔들리고 비틀거릴수록 더욱 견고한 중심을 잡을 수 있다는….